一起快樂學習日語會話吧！

元氣日語會話

初級

全新修訂版

本間岐理　著

健行科技大學　餐旅管理系主任　楊舒涵教授　推薦

作者からの言葉

　皆さん、「話す」「聞く」「読む」「書く」能力の中で一番苦手なものは何ですか。台湾人の学習者からの回答で一番多いのは、たぶん「話す」能力でしょう。今まで15年近く台湾で教鞭を取ってきましたが、多くの学習者は、読み、書き、文法には非常に強く、更には日本語検定試験ではN3、N2など日本語学部でない人でさえ持っている人がたくさんいます。しかし、日本語で「会話」するとなると、できない人、自信がない人がとても多いように思われます。せっかく時間とお金をかけて日本語を勉強しているのにもかかわらず、コミュニケーションの道具として用いることができなければ、様々な扉は開かれないのです。

　この本は、そんな学習者のために、実際の生活で実用的な単語、モデル会話や練習を通して、楽しく、活発に会話の勉強ができるように作られています。また、会話には、「話す」能力だけではなく、「聞く」能力も欠かすことはできないと考え、「聞く」練習もできるようになっています。この本を使い終わった後には、日本語で流暢な会話ができることが必ず期待できます。

　言語は人とのコミュニケーションの道具の一つです。是非この本を使って実際に使える会話力を身につけ、仕事にはもちろん、趣味や教養などにも生かしてほしいと思っております。

　最後にこの本の出版にあたり、忙しい中翻訳を助けてくださった方々、推薦文を書いていただいただけではなく、常に台湾での教員生活を支えていただいている健行科技大学餐旅管理系　楊舒涵主任、及び多くのアドバイスと支持をしてくださった瑞蘭出版社の皆様に感謝いたします。

本間岐理

作者的話

　　各位，在「聽」、「說」、「讀」、「寫」的能力當中，最感到棘手的是哪一項呢？從台灣學習者的回答，最多的應該是「說」的能力吧！我在台灣執教至今近15年，發現大部分的學習者在讀、寫、文法上非常強，更甚者，許多不是日文系的人都擁有日語檢定N3、N2資格。但是一旦要用日語來「會話」，做不到的人、沒有自信的人卻非常多。明明都特地花時間和金錢來學日語了，如果無法把它當作溝通的工具來使用，各式各樣的門扉便無法開啟。

　　這一本書，就是為了那樣的學習者，希望透過實際生活中實用的單字、情境會話或練習，可以快樂、活潑地學習會話而寫的。此外，考慮到會話需要的不只是「說」的能力而已，「聽」的能力也不可或缺，所以本書也有「聽」的練習。相信使用完這本書之後，用日語流利的對話必定可期。

　　語言是和人溝通的工具之一。請務必使用本書，養成可以運用在實際生活中的會話能力，在工作上自不待言，還希望能活用在興趣或知識等處。

　　最後，本書在出版之際，謝謝在百忙之中協助翻譯的諸位，還有不只是幫我寫推薦序而已、還在我台灣教學生涯中經常惠予支持的健行科技大學餐旅管理系楊舒涵主任，以及給予我諸多建議和支持的瑞蘭出版社的大家，在此由衷地感謝。

本間岐理

（王愿琦　譯）

以學生需求為主體的日語會話書

認識作者本間老師，是從本間老師來到台灣教書開始，至今已有十年以上了。本間老師嚴謹又用心的教學態度、活潑的教學方式及用心製作的輔助教材，大幅提昇學生日語程度及學習興趣，故深獲日間部及進修部學生的好評。本間老師除在本校任教外，也於多所高中、職校及大學任教，課程包括基礎日語、日語各級文法、一般及商業會話及寫作等。

本間老師依據多年教學與學生互動過程，深切了解學生所需及學習過程中所遭遇的問題，因此親自主筆編寫此書。本書以學生的需求為優先，不同於其他日語書較以老師的教學考量為主體，所以是一本好學、好用的會話書。此外本間老師為日本籍，故在本書會話內容上，確實能正確表現出日本人的對話方式及用字，相信必能讓讀者在學習日語上更加得心應手。

本間老師教學年資長、學生年齡層廣、教學課程多元、教學經驗豐富，相信本書可以讓所有讀者充分享受學習日語的樂趣。

健行科技大學　餐旅管理系主任

楊舒涵

如何使用本書

本書依不同生活場景分為：「自我介紹」、「數字」、「購物」、「旅行」、「嗜好‧專長」共5課，每一課都由3至4個架構相同的小部分所組成，其中可見本間老師精心設計的9大學習步驟，只要跟著本間老師的腳步一起往前走，就能逐步掌握日語會話能力！

STEP 1 暖身一下

學習前先來個暖身操！輕鬆地動動腦，一邊玩小遊戲、一邊培養學習情緒，順便檢視自己較不熟悉的概念，更知道哪個部分要加強學習。

STEP 2 生詞

每個生詞除了有詞性、漢字寫法、中譯，更標有「アクセント」（重音），讓你確實掌握每個單字的發音。

STEP 3 文型

將重點文型條列出來，清楚呈現每課、每個部分所要學習的文法重點，進入情境會話後，就能一眼看到重要句型。

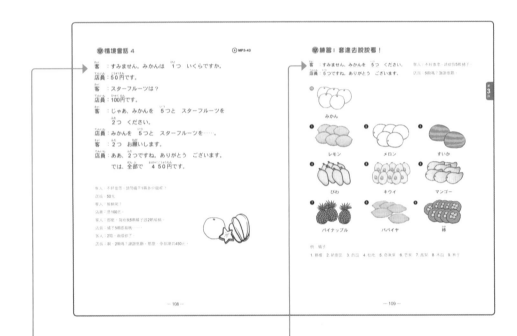

STEP 4 情境會話

　　結合該課會話情境、生詞、文型，寫出在日常生活中進行對話的過程。會如何開啟話題、會討論哪些事情、對話中會有什麼樣的反應，都可以透過情境會話一窺究竟。

STEP 5 練習問題

　　從情境會話中擷取重要文型，進行簡短的會話練習，習慣了說日語的感覺，自然而然就更敢於嘗試用日語說出自己的想法。

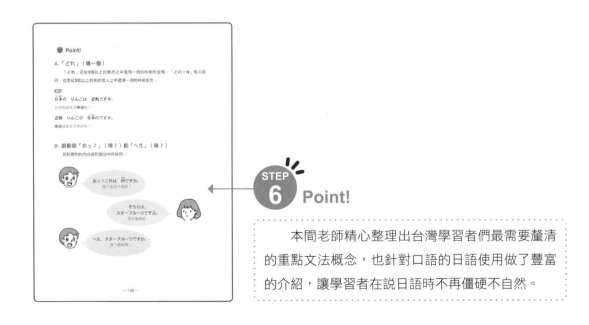

STEP 6 Point!

　　本間老師精心整理出台灣學習者們最需要釐清的重點文法概念，也針對口語的日語使用做了豐富的介紹，讓學習者在說日語時不再僵硬不自然。

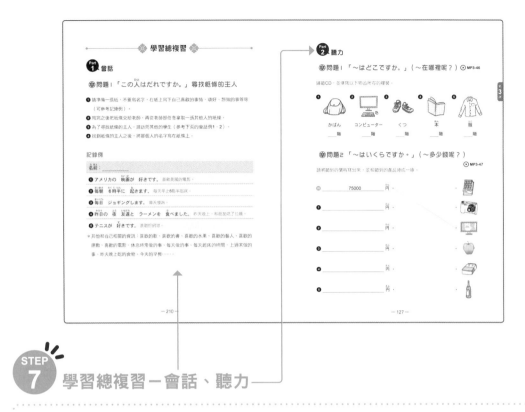

學習總複習－會話、聽力

會話不是只要會「說」，還要會「聽」，本間老師在學習總複習安排了會話、聽力共2個部分，不僅能增快進行日語會話時的反應速度，也能拓展話題的豐富度。

STEP 8 延伸學習

在每課的最後，本間老師都整理出了與該課主題相關的各類單字，在與他人進行會話時，也有更多的話題，能隨時與人侃侃而談。

STEP 9 日本人の心

在每一課的最後，本間老師都為學習者準備了小小的日本文化知識，不僅學習日語，也更了解日本人的思維、習慣、生活方式。

目　次

第1課　「自己紹介」　自我介紹　11

第2課　「数」　數字　45

第3課　「買い物」　購物　83

第4課　「旅行」　旅行　133

じ こ しょうかい
自己紹介

自我介紹

大家可以用日語
自我介紹嗎？

學習目標

① 能使用日語簡短地自我介紹。

② 能使用日語句型來詢問相關資訊。

生詞 Ⅰ   ▶ MP3-01

① がくせい ⓪ 名	学生	學生
② けいざい ① 名	経済	經濟
③ コンピューター ③ 名	computer（英）	電腦
④ さんねんせい ③ 名	三年生	三年級生
⑤ しごと ⓪ 名	仕事	工作
⑥ しゅっしん ⓪ 名	出身	出身
⑦ すまい ① 名	住まい	居住地
⑧ せんこう ⓪ 名	専攻	主修
⑨ だいがく ⓪ 名	大学	大學
⑩ わたし ⓪ 名	私	我
⑪ ～じん 接尾	～人	～人
⑫ じゃ		那麼
⑬ はじめまして ④	初めまして	初次見面
⑭ こちらこそ ④		彼此彼此
⑮ どうぞよろしく おねがいします	どうぞ宜しく お願いします	請多多指教
⑯ へいせいだいがく ⑤ 名	平成大学	平成大學

國家名稱、台灣的地名、職業種類等等，請參考本書P.35、37、42。

◉ 文型 Ⅰ

❶ わたし**は** 陳 **です**。

❷ お名前**は**？

　呂です。

❸ わたし**も** 学生 **です**。

❶ 我姓陳。

❷ 請問您貴姓大名？

　　　　敝姓呂。

❸ 我也是學生。

◉ 情境會話 Ⅰ

陳：初めまして、（わたしは） 陳です。

　　平成大学の 学生です。よろしく。

周：周です。わたしも 平成大学の 学生です。

　　こちらこそ、よろしく。

陳：えっ！じゃ、周さんの 専攻は？

周：コンピューターです。陳さんは？

陳：わたしは 経済です。

陳：初次見面，我姓陳。

　　我是平成大學的學生。請多指教。

周：我姓周。我也是平成大學的學生。

　　也請你多多指教。

陳：咦！那麼周同學主修的是？

周：電腦。陳同學呢？

陳：我是經濟。

🎞練習Ⅰ 套進去說說看！

A：初めまして、①陳です。
　　②学生です。よろしく。
B：周です。わたしも②学生です。
　　こちらこそ　よろしく。

A：初次見面，我姓①陳。
　　我是②學生。請多指教。
B：我姓周。我也是②學生。
　　也請你多多指教。

例
①陳
②学生

❶
①林
②エンジニア

❷
①楊
②大学3年生

❸
①呉
②台湾人

❹
①朱
②公務員

❺
①葉
②台湾大学の学生

❻
①王
②主婦

例　①陳 ②學生

1. ①林 ②工程師　　2. ①楊 ②大三生　　3. ①吳 ②台灣人

4. ①朱 ②公務員　　5. ①葉 ②台灣大學的學生　　6. ①王 ②主婦

🎞 練習2 套進去說說看！

陳：周さん、①専攻は？

周：②コンピューターです。陳さんは？

陳：わたしは、③経済です。

陳：周同學的①主修是？

周：②電腦。陳同學呢？

陳：我是③經濟。

例

①専攻

②コンピューター

③経済

❶ ①お住まい
②板橋
③花蓮

❷ ①お仕事
②医者
③運転手

❸ ①ご出身
②桃園
③彰化

例 ①主修 ②電腦 ③經濟

1. ①居住地 ②板橋 ③花蓮　2. ①工作 ②醫生 ③駕駛　3. ①出身地 ②桃園 ③彰化

⚙ Point!

A. 省略主題

日本人的文章及會話裡，經常會省略主題。

例//

初めまして、（わたしは）　陳です。　初次見面，（我姓）陳。

B.「姓名＋さん」

「～さん」是指先生和小姐。

另外，「～さん」是對別人禮貌的稱呼，對自己或自己人的時候不使用。

例//

×　はじめまして、わたしは　陳さんです。
　　どうぞ、よろしく。

　　初次見面，我是陳先生。請多指教。

○　はじめまして、わたしは　陳　です。
　　どうぞ、よろしく。

　　初次見面，我姓陳。請多指教。

C. 助詞「は」、「も」

1. 助詞「は」用來提示主題，要特別注意，助詞「は」的發音與「わ（wa）」的發音相同。

2. 助詞「も」的中文意思是「也」，與指示主題的「は」用法相同。

例//

陳：初めまして、陳です。学生です。よろしく。
周：周です。わたしも　学生です。

陳：初次見面，我姓陳。我是學生。請多指教。
周：我姓周。我也是學生。

D. 簡單的疑問句和問號「？」

在「です・ます」的疑問句末，必須加入「か」。此外，若疑問句末未使用到「か」，此時須加入問號，語氣須上揚，以表疑問。

例

<ruby>専門<rt>せんもん</rt></ruby>は（<ruby>何<rt>なん</rt></ruby>です**か**。）＝<ruby>専門<rt>せんもん</rt></ruby>は**？** ↗ 你的主修是什麼？

<ruby>お国<rt>くに</rt></ruby>は（どちらです**か**。）＝<ruby>お国<rt>くに</rt></ruby>は**？** ↗ 請問您來自哪裡？

E. 名詞的丁寧形（禮貌形）

名詞前面加上「お」或「ご」，是表示禮貌的說法。漢字訓讀的詞彙或附有假名的詞彙一般會＋「お」，漢字音讀的詞彙一般會＋「ご」。

「お＋<ruby>和語<rt>わご</rt></ruby>・ご＋<ruby>漢語<rt>かんご</rt></ruby>」

例

<ruby>お国<rt>くに</rt></ruby> 貴國　**<ruby>お名前<rt>なまえ</rt></ruby>** 貴姓　**<ruby>ご出身<rt>しゅっしん</rt></ruby>** 您的出身地

＊注意：「お」或「ご」不可用於自己。

例

× わたしの　**<ruby>お国<rt>くに</rt></ruby>**は、<ruby>台湾<rt>たいわん</rt></ruby>です。 我的國家是台灣。

× わたしの　**<ruby>ご出身<rt>しゅっしん</rt></ruby>**は、<ruby>桃園<rt>とうえん</rt></ruby>です。 我來自桃園。

F. 口語化「じゃ」（那麼）

「じゃ」是「では」的口語化用法，中文意思是「那麼」。

例

じゃ、<ruby>専門<rt>せんもん</rt></ruby>は　<ruby>何<rt>なん</rt></ruby>ですか。＜會話體＞ 那麼，主修是什麼呢？

では、<ruby>専門<rt>せんもん</rt></ruby>は　<ruby>何<rt>なん</rt></ruby>ですか。＜書寫體（文書體）＞ 那麼，主修是什麼呢？

G.「どうぞよろしくお願いします」（請多多指教）

　　「どうぞよろしくお願いします」意思是「請多多指教」，常用作自我介紹的結尾。

「よろしく」	口語用法
「どうぞ　よろしく」	
「よろしく　お願いします」	
「どうぞ　よろしく　お願いします」	敬語用法

❀ 第1課（2）❀

❀ 生詞 2　　　　　　　　▶ MP3-03

① ～ともうします　　　　　～と申します　　　叫做……

② ～からきました　　　　　～から来ました　　來自……

❀ 文型 2　　　　　　　　▶ MP3-03

① （わたしは）　余　と申します。　　❶ 我姓余。

② 台湾から　来ました。　　❷ 我來自台灣。

❀ 情境會話 2　　　　　　▶ MP3-04

初めまして、許　と申します。

台湾の　高雄から　来ました。会社員です。

どうぞ　よろしく　お願いします。

初次見面，我姓許。

我來自台灣的高雄。是上班族。

請多多指教。

❀練習1 套進去說說看！

初めまして、①謝 と申します。 　　　　　初次見面，我姓①謝。

②台湾 から 来ました。どうぞ よろしく。 　　我來自②台灣。請多多指教。

例

①謝
②台湾

❶

①金
②韓国

❷

①袁
②中国

❸

①何
②シンガポール

❹

①山田
②日本

❺

①アレン
②アメリカ

例　①謝 ②台灣

1. ①金 ②韓國　　2. ①袁 ②中國　　3. ①何 ②新加坡

4. ①山田 ②日本　　5. ①Allen ②美國

🎞 練習2

向同班同學

自我介紹看看吧！

初めまして、＿＿＿＿＿＿＿と申します。

＿＿＿＿＿＿＿から　来ました。

┌─ ＿＿＿＿＿の＿＿＿＿年生　です。

（學校名）

或

＿＿＿＿＿＿＿です。

└─ （身分、職業）

どうぞ　よろしく　お願いします。

初次見面，我是＿＿＿＿＿。

來自＿＿＿＿＿。

┌─ 就讀＿＿＿＿（學校）的＿＿＿＿年級。

或

└─ 我是＿＿＿＿（身分、職業）。

請多多指教。

🏵 Point!

A. 「～と申^{もう}します」（敝姓……）

在自我介紹時，使用「～と申^{もう}します」比「～です」更有禮貌。

例

初^{はじ}めまして、陳^{ちん}です。＝初^{はじ}めまして、陳^{ちん}と　申^{もう}します。

初次見面，我姓陳。　　　初次見面，**敝姓**陳。

B. 「はじめまして」（初次見面）、
「どうぞよろしく（お願^{ねが}いします）」（請多多指教）

這兩句話為自我介紹時的固定用法，請熟記。

例

初^{はじ}めまして、本間^{ほんま}と　申^{もう}します。
北海道^{ほっかいどう}から　来^きました。

どうぞ　よろしく　お願^{ねが}いします。

初次見面，敝姓本間。
我來自北海道。
請多多指教。

❀ 第1課（3）❀

❀ 生詞 3　　　　　　　　　　　　▶ MP3-05

① （お）なまえ 0 名　　　（お）名前　　　名字

② せんせい 3 名　　　　先生　　　　　老師

③ ちがいます 4 動　　　違います　　　不是的

④ はい 1 感嘆　　　　　　　　　　　是

⑤ いいえ 0 感嘆　　　　　　　　　　不是

⑥ しつれいしました　　　失礼しました　　不好意思

⑦ ～じゃ　ありません　　　　　　　　　不是～

⑧ すみません　　　　　　　　　　　　不好意思

⑨ そうです　　　　　　　　　　　　是的

⑩ そうですか　　　　　　　　　　　是這樣啊

❀ 文型 3　　　　　　　　　　　　▶ MP3-05

❶ 王さんは　学生ですか。

　はい、そうです（いいえ、違います）。

❷ わたしは　学生じゃ　ありません。

❶ 王先生是學生嗎？

　是，是的（不，不是）。

❷ 我不是學生。

学生A：すみません、お名前は？

王　　：王です。

学生A：王さんは　先生ですか。

王　　：いいえ、違います。わたしは　先生じゃ　ありません。
　　　　学生ですよ。

学生A：あっ、そうですか。失礼しました……。

王・学生

學生A：不好意思，請問您貴姓？

王　　：我姓王。

學生A：王先生是老師嗎？

王　　：不，不是。我不是老師。是學生喔。

學生A：啊！原來如此。不好意思……。

⊛練習 I 套進去說說看！

A：①<ruby>王<rt>おう</rt></ruby>さんは　②<ruby>先生<rt>せんせい</rt></ruby>ですか。

B：いいえ、<ruby>違<rt>ちが</rt></ruby>います。

　　わたしは　②<ruby>先生<rt>せんせい</rt></ruby>じゃ　ありません。

　　③<ruby>学生<rt>がくせい</rt></ruby>ですよ。

A：あっ、そうですか。<ruby>失礼<rt>しつれい</rt></ruby>しました……。

A：①王先生是②老師嗎？

B：不，不是。

　　我不是②老師。

　　是③學生喔。

A：啊！原來如此，不好意思……。

①<ruby>王<rt>おう</rt></ruby>
②<ruby>先生<rt>せんせい</rt></ruby>
③<ruby>学生<rt>がくせい</rt></ruby>

①<ruby>鄧<rt>とう</rt></ruby>
②<ruby>看護士<rt>かんごし</rt></ruby>
③<ruby>医者<rt>いしゃ</rt></ruby>

①<ruby>丁<rt>ちょう</rt></ruby>
②<ruby>警備員<rt>けいびいん</rt></ruby>
③<ruby>警察官<rt>けいさつかん</rt></ruby>

①<ruby>郭<rt>かく</rt></ruby>
②<ruby>店員<rt>てんいん</rt></ruby>
③<ruby>客<rt>きゃく</rt></ruby>

①<ruby>山田<rt>やまだ</rt></ruby>
②<ruby>俳優<rt>はいゆう</rt></ruby>
③スポーツ<ruby>選手<rt>せんしゅ</rt></ruby>

①<ruby>高橋<rt>たかはし</rt></ruby>
②モデル
③<ruby>主婦<rt>しゅふ</rt></ruby>

例　①王 ②老師 ③學生

1. ①鄧 ②護理師 ③醫生　　2. ①丁 ②警衛 ③警察　　3. ①郭 ②店員 ③客人

4. ①山田 ②演員 ③運動員　　5. ①高橋 ②模特兒 ③主婦

🎬 練習2 套進去說說看！

A：すみませんが、
　　①陳さんは　おいくつですか。
B：②２１歳です。

A：不好意思，
　　請問①陳小姐貴庚呢？
B：②21歲。

①陳
②２１歳

①黄
②３８歳

①梁
②20歳

①田中
②１９歳

①鈴木
②４４歳

①マイク
②５２歳

例　①陳 ②21歳

1. ①黄 ②38歳　2. ①梁 ②20歳　3. ①田中 ②19歳　4. ①鈴木 ②44歳　5. ①邁克 ②52歳

⚙ Point!

A. 終助詞「よ」（喔）

告訴對方不知道的事情的時候，使用「よ」。

使用「よ」時，因為是表現出「説給聆聽者聽」的態度，經常帶有「説話者為上位者，並擁有豐富的知識量」的語氣。因此，對上司、長輩使用「よ」的時候，必須要注意。

例

A：陳さんは、学生じゃ ありません。先生ですよ。

B：えっ、そうですか。

A：陳先生不是學生。是老師**喔**。

B：啊！原來如此。

B. 向人開口說話的表現方式

因為日語中沒有先生、小姐，所以，對不認識的人開口時，應先説「**すみません（不好意思）**」。

例

学生A：**すみません**、お名前は？

王　　：王です。

學生A：**不好意思**，請問您貴姓？

王　　：我姓王。

C. 「そうですか」（這樣啊）

當「そうですか」語氣下降時，用來表示了解，語調不可上揚。要判斷是疑問句或附和句時，是以句末「か」的語氣來做判定。

「そうですか。↗」：表示「是這樣嗎？」（表示質疑）

「そうですか。↘」：表示「原來是這樣啊！」（表示同意、理解）

例

A：陳さんは、会社員ですよ。

B：へえ、**そうですか**。↘

A：陳先生是上班族喔。

B：咦！**原來如此**。

E. 否定的回答方式

　　根據「Aさんは、先生ですか。」（A先生是老師嗎？）此句型，有三種可以回答的方式：

1. いいえ、違います。

　　不，不是。

2. いいえ、先生では（じゃ）　ありません。学生です。

　　不，我不是老師，我是學生。

3. いいえ、学生です。

　　不，我是學生。

✿ 學習總複習 ✿

會話

✿ 生詞

MP3-07

1. おいくつ ⓪ 疑代　　　　　　　　　　　　　　　　　　貴庚

2. あのう　　　　　　　　　　　　　　　　　　　　　　那個……

3. しつれいですが　　　　　　　失礼ですが　　　　　不好意思

4. ありがとう　ございました　　　　　　　　　　　謝謝

✿ 練習Ⅰ

改變括弧中的內容來做會話練習吧！

盡量多問幾位同班同學，並將得到的答案填入表1。

A：初めまして。（　陳 ）　です。どうぞ　よろしく。

B：（　林 ）です。こちらこそ　よろしく。

A：（　林 ）さん、お住まいは？

B：（　台中 ）です。

A：へえ、（　台中 ）ですか。

B：（　陳 ）さんは？

A：┌ わたしは（　内壢 ）です。
　　└ 或：*1わたしも（　台中 ）です。
　　（　林 ）さんの*2（　お仕事 ）は？

B：*³（　運転手　）　です。

A：そうですか。｜　わたしは　　（　エンジニア　）です。
　　　　　　　　｜　或：*¹わたしも（　運転手　）です。

A：初次見面。我姓（陳）。請多指教。

B：我姓（林）。也請您多指教。

A：（林）先生，您住哪裡呢？

B：我住（台中）。

A：咦！是（台中）啊！

B：（陳）先生呢？

A：｜　我住（內壢）。
　　｜　或：*¹我也是住（台中）。
　　　（林）先生是*²（從事什麼行業）呢？

B：我是*³（駕駛）。

A：原來是這樣啊！｜　我是（工程師）。
　　　　　　　　　｜　或：*¹我也是（駕駛）。

（表1）

	名前 名字	住まい 居住地	職業 職業
わたし			
学生1			
学生2			

*1 跟對方答案相同時，可以用「わたしも～です。」（我也是……）。

　　例：わたしも　台中　です。　我也是住台中。

　　　　わたしも　運転手　です。　我也是駕駛。

*2「工作」可以換成「學校」、「主修」、「學院」、「科系」等……。

*3 沒有工作的情況下，可以換成其他的説法。

　　例：今、仕事はありません。　現在沒有工作。（暫時失業）

　　　　もう、定年退職しました。　已經退休了。（退休）

🎯 練習2

首先，請想像自己是某位知名人士，設想好國籍、身分、年齡、姓名，然後請向同學詢問表格裡的資訊，並將得到的回答填入下頁的表2。

你是誰？

A：すみません。お国は？

B：① ＿＿＿＿＿＿＿ です。

A：① ＿＿＿＿＿＿＿ ですか。じゃ、お仕事は？

B：② ＿＿＿＿＿＿＿ です。

A：あのう、失礼ですが、*1おいくつですか。

B：③ ＿＿＿＿＿＿＿ です。

A：③ ＿＿＿＿＿＿＿ ですか……。*2もしかして…、お名前は？

B：④ ＿＿＿＿＿＿＿ です。

A：④ ＿＿＿＿＿＿＿ ですか！┌ ありがとう　ございました。
　　　　　　　　　　　　　　│ サインを　お願いします。
　　　　　　　　　　　　　　└ 握手して　ください。

A：不好意思，請問您是哪一國人？

B：是① ＿＿＿＿＿＿ 。

A：是① ＿＿＿＿＿＿ 啊。那麼，您的職業是什麼呢？

B：是② ＿＿＿＿＿＿ 。

A：那個……，不好意思，請問您貴庚呢？

B：③ ＿＿＿＿＿＿ 。

A：③ ＿＿＿＿＿＿ 啊……。難道是……請問您貴姓大名？

B：④ ＿＿＿＿＿＿ 。

A：④ ＿＿＿＿＿＿ 啊！┌ 謝謝你。
　　　　　　　　　　　│ 請幫我簽名。
　　　　　　　　　　　└ 請和我握手。

＊1 「おいくつ」＝「何歳^{なんさい}」（幾歲）的禮貌型。

＊2 「もしかして」表示推測（難道是……）。

（表2）

	国籍 國籍	身分 身分	年齢 年齢	名前 名字
例	アメリカ 美國	歌手 歌手	５９歳 59歳	マドンナ 瑪丹娜
わたし				
学生1				
学生2				
学生3				
学生4				

Part 2 聽力

🎞 生詞　MP3-08

1	きょうし 1 名	教師	教師
2	さいご 1 名	最後	最後
3	ちゅうごくご 0 名	中国語	中文
4	にほんご 0 名	日本語	日語
5	ほっかいどう 3 名	北海道	北海道
6	すごい 2 い形		了不起、很棒
7	やっぱり 3 副		還是、果然（「やはり」口語）
8	ピンポン 1		（擬聲語）答對了
9	メルシー 1	Merci（法）	謝謝
10	がか 0 名	画家	畫家

🎞 問題 I：訪問　MP3-09

聽CD、將答案填入（　　　）中。

例 名前：（ ほんま ）
国　：（ 日本 ）
職業：（ 教師 ）

❶ 名前：（　　　　）
国　：（　　　　）
職業：（　　　　）

❷ 名前：（　　　　）
国　：（　　　　）
職業：（　　　　）

❸ 名前：（　　　　）
国　：（　　　　）
職業：（　　　　）

④ 名前：（　　　　　）
国　：（　　　　　）
職業：（　　　　　）

⑤ 名前：（　　　　　）
国　：（　　　　　）
職業：（　　　　　）

◉ 問題2　　　　　　　　　　　　　　　　　　　　▶ MP3-10

從CD撥放的內容中，將文字填入（　　　）。

① 初めまして、（　　　　　　　）です。

（　　　　　　　）の　板橋から（　　　　　　　）。

どうぞ、（　　　　　　　）お願いします。

② 陳：周さん、（　　　　　　　）は？

周：（　　　　　　　）です。

陳：そうですか。

③ 高橋：初めまして、高橋です。

北海道大学の（　　　　　　　）です。よろしく。

山本：山本です。

わたしも　北海道大学の（　　　　　　　）です。

（　　　　　　　）、よろしく。

④ 学生A：すみませんが、陳さんは（　　　　　　　）ですか。

陳　：（　　　　　　　）です。

自己打分數

✓ 會用日文講簡單的自我介紹。

✓ 對初次見面的人，能詢問對方的姓名跟職業等。

☆☆☆☆☆（一顆星20分，滿分100分，請自行塗滿。）

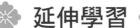 延伸學習

1. 国　國家　▶MP3-11

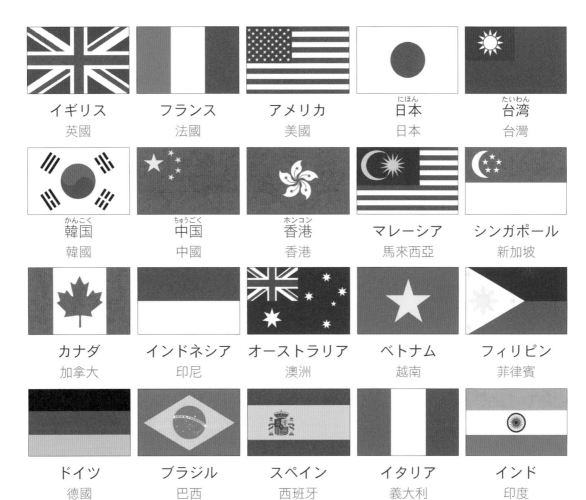

イギリス	フランス	アメリカ	日本	台湾
英國	法國	美國	日本	台灣
韓国	中国	香港	マレーシア	シンガポール
韓國	中國	香港	馬來西亞	新加坡
カナダ	インドネシア	オーストラリア	ベトナム	フィリピン
加拿大	印尼	澳洲	越南	菲律賓
ドイツ	ブラジル	スペイン	イタリア	インド
德國	巴西	西班牙	義大利	印度

2. 台湾人の姓　台灣人的常見姓氏

蔡	曹	陳	鄧	丁
さい	そう	ちん	とう	てい／ちょう
董	杜	范	方	費
とう	と	はん	ほう	ひ

馮 ひょう／ふう	傅 ふ	甘 かん	高 こう	龔 きょう
古 こ	顧 こ	管 かん	郭 かく	韓 かん
何 か	賀 が	洪 こう	侯 こう	胡 こ
黃 こう	簡 かん	江 こう	姜 きょう	康 こう
柯 か	賴 らい	雷 らい	李 り	梁 りょう
廖 りょう	林 りん	劉 りゅう	盧 ろ	呂 ろ
羅 ら	馬 ば	彭 ほう	邱 きゅう	饒 じょう
沈 しん	施 し	石 せき	宋 そう	蘇 そ
孫 そん	湯 とう	唐 とう	田 でん	涂 と
汪 おう	王 おう	魏 ぎ	溫／温 おん	翁 おう
巫 ふ	吳 ご	夏 か	蕭 しょう	謝 しゃ
徐 じょ	許 きょ	薛 せつ	嚴 げん	顏 がん
楊 よう	姚 よう	葉 よう	于 う	余 よ

袁 えん	曽 そう	張 ちょう	趙 ちょう	鄭 てい
鍾 しょう	周 しゅう	朱 しゅ		

3. 身分（みぶん）・職業（しょくぎょう）　身分・職業

▶ MP3-13

銀行員（ぎんこういん） 銀行職員	**主婦**（しゅふ） 主婦	**医者**（いしゃ） 醫生	**教師**（きょうし） 教師	**会社員**（かいしゃいん） 上班族
エンジニア 工程師	**公務員**（こうむいん） 公務員	**学生**（がくせい） 學生	**看護士**（かんごし） 護理師	**警察官**（けいさつかん） 警察
店員（てんいん） 店員	**調理師**（ちょうりし） 廚師	**運転手**（うんてんしゅ） 駕駛	**弁護士**（べんごし） 律師	**警備員**（けいびいん） 警衛
歌手（かしゅ） 歌手	**モデル** 模特兒	**俳優**（はいゆう） 演員	**作家**（さっか） 作家	**スポーツ選手**（せんしゅ） 運動員

4. 年齢　年齢

いっさい 1歳	にさい 2歳	さんさい 3歳	**よんさい** 4歳
ごさい 5歳	ろくさい 6歳	ななさい 7歳	**はっさい** 8歳
きゅうさい 9歳	**じゅっさい・じっさい** 10歳	じゅういっさい 11歳	じゅうにさい 12歳
じゅうさんさい 13歳	じゅうよんさい 14歳	じゅうごさい 15歳	じゅうろくさい 16歳
じゅうななさい 17歳	じゅうはっさい 18歳	じゅうきゅうさい 19歳	**はたち・にじゅっさい** 20歳
さんじゅっさい 30歳	よんじゅっさい 40歳	ごじゅっさい 50歳	

5. 学校　學校

▶ MP3-15

漢字	假名	中文
小学校	しょうがっこう	小學
中学校	ちゅうがっこう	國中
高等学校	こうとうがっこう	高中
専門学校	せんもんがっこう	專科
大学	だいがく	大學
大学院	だいがくいん	研究所

漢字	假名	中文
一年生	いちねんせい	一年級生
二年生	にねんせい	二年級生
三年生	さんねんせい	三年級生
四年生	よねんせい	四年級生

学部 學院	学科 科系	
工学部 工學院	機械工学科	機械工程學系
	土木学科	土木工程學系
	工業工程と管理学科	工業工程及管理學系
	環境工学学科	環境工程學系
	応用力学学科	應用力學學系
理学部 理學院	数学学科	數學系
	物理学科	物理系
	生命理学科	生命科學系
法学部 法學院	政治学科	政治系
	法律学科	法律系
	国際政治学科	國際政治關係學系
商学部 商學院	経済学科	經濟系
	会計学科	會計學系
管理学部 管理學院	企業管理学科	企業管理學系
	財務金融学科	財務金融學系
	国際企業学科	國際企業學系
	経営管理技術学科	經營管理技術學系
情報学部 資訊工程學院	情報工学科	資訊工程學系
	情報管理学科	資訊管理學系
	情報伝達学科	資訊傳播學系
	情報ネットワーク技術学科	資訊網路技術學系

学部 學院	学科 科系	
人文社会学部 人文社會學院	日本語学科	日本語文學系
	中国語文学学科	中國語文學系
	英語学科	英國語文學系
	フランス語学科	法國語文學系
	社会と政策科学学科	社會暨政策科學學系
	芸術開発と発展学科	藝術創意暨發展學系
	応用外国語学科	應用外語學系
電気通信学部 電子通訊學院	電機機械工学科	電機工程學系
	通信工学科	通訊工程學系
	工学電子工学科	光電工程學系
医学部 醫學院	医学科	醫學系
	総合薬学科	藥理系
	保健学科	預防醫學系
	看護学科	護理學系
教育学部 教育學院	教育学科	教育學系
レジャー産業学部 休閒產業學院	レストランホテル管理学科	餐旅管理學系
	健康美容事業管理学科	健康與美容事業管理學系
	観光事業管理学科	觀光事業管理學系
	企業管理学科	企業管理學系
	レジャー情報管理学科	休閒資訊管理學系
	レジャー事業管理学科	休閒事業管理學系
	ホテル管理コース	飯店管理學系

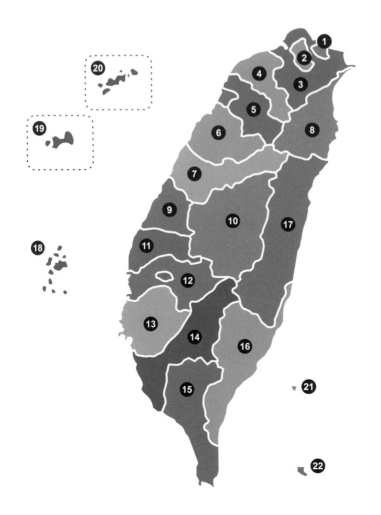

① きいるん 基隆	② たいぺい 台北	③ しんほく 新北
④ とうえん 桃園	⑤ しんちく 新竹	⑥ びょうりつ 苗栗
⑦ たいちゅう 台中	⑧ ぎらん 宜蘭	⑨ しょうか 彰化
⑩ なんとう 南投	⑪ うんりん 雲林	⑫ かぎ 嘉義
⑬ たいなん 台南	⑭ たかお 高雄	⑮ へいとう 屏東
⑯ たいとう 台東	⑰ かれん 花蓮	⑱ ほうこ 澎湖
⑲ きんもん 金門	⑳ ばそ 馬祖	㉑ りょくとう 綠島
㉒ らんい 蘭嶼		

男と女の言葉

男女用語的差異

　　有別於其他語言，日語有一明顯特徵，即男性及女性用語的差異。有此一説：古代的日本並無男女用語差異，但受到中國儒家思想傳入的影響，形成男尊女卑的社會現象，日語的男女用字遣詞也逐漸有所區別。現在的日語裡，男性用字陽剛豪爽，以表現其優越地位；女性用字溫柔婉約，説明其居於附屬地位。

　　男女用語的差別在非正式的場合中更為明顯，差別通常出現在使用語尾助詞或人稱代名詞時。例如使用語尾助詞時，男性是如「明日だよな」（明天吧）、「行くぜ」（走囉）、「寝るぞ」（睡囉），語尾使用「よな」、「ぜ」、「ぞ」等；女性則如「うらやましいわ」（好羨慕喔）、「これ本当なのよ」（這是真的喔）、「この本ね」（這個書啊），語尾使用「わ」、「のよ」、「ね」等。另外，使用第一人稱代名詞時，男性用「僕」、「俺」，女性則用「あたし」、「うち」等。

　　隨著日本社會的文化發展及經濟變化，兩性的社會地位也漸漸改變，男女用語不再和以前一樣謹慎。但是為體現男性的男子氣概及女性的溫柔優雅，相信在日語中，依然會持續存在一定程度的差異。

MEMO

かず
数
數字

一起來學怎麼表達時間、
電話號碼及星期幾吧！

學習目標

① 能夠進行有關時間（～點～分）的問答。

② 能夠進行有關電話號碼的問答。

③ 懂得表達星期幾。

暖身一下 連連看！

聽CD，並將聽到的數字圈起來連在一起。

首先在這裡做1～100的聽力練習。

會出現什麼呢？

答案藏在數字裡喔！

1	2	3	4	5	6	7	8	9	10
11	12	13	14	15	16	17	18		
19	20	21	22	23	24	25	26		
27	28	29	30	31	32	33	34		
35	36	37	38	39	40	41	42		
43	44	45	46	47	48	49	50		
51	52	53	54	55	56	57	58		
59	60	61	62	63	64	65	66		
67	68	69	70	71	72	73	74		
75	76	77	78	79	80	81	82		
83	84	85	86	87	88	89	90		
91	92	93	94	95	96	97	98		
			99	100					

答案：＿＿＿＿＿＿＿

🎞 生詞 I

 MP3-18

① いま 1 名	今	現在
② つぎ 0 名	次	下一個
③ でんしゃ 0 名	電車	電車
④ タクシー 1 名	taxi（英）	計程車
⑤ バス 1 名	bus（英）	公車
⑥ なんじ 1 疑代	何時	幾點
⑦ あのう 0 感嘆		那個……（問句前的發語詞）

⑧  ええと……
嗯……（我想想）

⑨  えっ！
啊！／咦！

時間請參考本書P.78。

🎞 文型 I

 MP3-18

① 今　何時ですか。
１時です。

❶ 現在幾點？
1點。

— 47 —

❀ 暖身一下

請唸唸看P.78、79，
並試著說說看
現在是～點～分呢？

❀ 情境會話 I

▶ MP3-19

A：あのう、すみません。今　何時ですか。

B：ええと、4時です。

A：そうですか。次の　バスは？

B：4時　20分ですよ。

A：4時　20分ですか……。

　　えっ！タクシー！！

A：那個，不好意思。請問現在幾點呢？

B：嗯……，4點。

A：是這樣啊。請問下一班公車是幾點？

B：4點20分喔。

A：4點20分嗎……？

　　啊！計程車！

🎞 練習1 套進去說說看！

A：あのう、すみません。
次（つぎ）の　電車（でんしゃ）は　何時（なんじ）ですか。
B：ええと、3時（さんじ）です。

A：那個，不好意思，
請問下一班電車是幾點呢？
B：嗯……，3點。

例

3時

❶
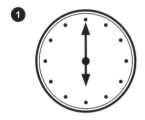
6時

❷

4時

❸

10時

❹
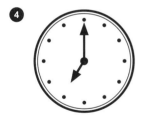
7時

❺

5時

❻
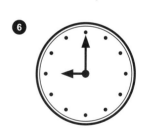
9時

❼

2時

❽
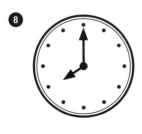
8時

✿ Point!

A.「あのう」（那個……）

「あのう」和「すみません」一樣，都是向人搭話時的一種表現方法。「あのう、すみません」兩個詞也可以搭配一起使用。

例

あのう。今 何時ですか。

那個，請問現在幾點呢？

すみません。今 何時ですか。

不好意思，請問現在幾點呢？

あのう、すみません。今 何時ですか。

那個，不好意思。請問現在幾點呢？

B.「ええと」（嗯……）

日文中除了用「ええと」表達猶豫之外，也有「あのう」（那個……）、「そのう」（那個……）、「ええ」（那個……）的表現方法。

例

A：「あのう、今 何時ですか。」
B：「**ええと**、3時ですよ。」

A：「那個，現在幾點呢？」
B：「嗯……，3點喔。」

C.「えっ」（啊！）

「えっ」是用來表達驚訝的感嘆詞。

えっ。3時ですか。
啊！3點嗎？

第2課（2）

生詞 2　　　　　　　　　　　　▶ MP3-20

1 あした 3 名	明日	明天
2 うそ 1 名	嘘	謊話
3 えいが 1 名	映画	電影
4 かいぎ 1 名	会議	會議
5 かいわ 0 名	会話	對話
6 きょう 1 名	今日	今天
7 こんばん 1 名	今晩	今晚
8 コンサート 1 名	concert（英）	音樂會
9 ごご 1 名	午後	下午
10 ごぜん 1 名	午前	上午
11 しけん 2 名	試験	考試
12 しょくどう 0 名	食堂	食堂、餐廳
13 じゅぎょう 1 名	授業	課
14 にほんご 0 名	日本語	日語
15 ほんとう 0 名	本当	真的
16 ～から 格助		從

17
おはよう
ございます。
早安。

18
ああ、よかった。
啊，太好了！

— 51 —

🎞 文型 2　　　　　　　　　　　　　　　▶ MP3-20

❶ 郵便局は 何時**から**ですか。
　午前 ８時**から**です。

❷ 日本語の 授業は 何時**に** 始まりますか。
　10時10分です。

❶ 郵局從幾點開始呢？
　上午8點開始。

❷ 日語課從幾點開始呢？
　10點10分開始。

🎞 情境會話 2　　　　　　　　　　　　　　▶ MP3-21

A：おはよう ございます。
　　あのう、今日の 会話の 授業、何時に 始まりますか。
B：ええと……、10時ですよ。
A：（邊看手錶）今 9時20分ですよね……。
　　（肚子叫了）学校の 食堂は 何時から ですか。
B：9時から ですよ。
A：本当ですか。ああ、よかった。

A：早安。
　　那個，今天的會話課，是從幾點開始呢？
B：嗯……，10點喔。
A：（邊看手錶）現在是9點20分對吧……。
　　（肚子叫了）學校的餐廳是從幾點開始呢？
B：9點開始喔。
A：真的嗎？啊，太好了！

🎬 暖身一下 說說看現在幾點了

❶ `02:21:`
2時21分

❷ `11:50:`
11時50分

❸ `12:48:`
12時48分

❹ `03:29:`
3時29分

❺ `08:36:`
8時39分

❻ `07:13:`
7時13分

❼ `01:59:`
1時59分

❽ `04:54:`
4時54分

Memo：時間

❶ 4唸「よん」或「し」，但是4點唸做「よじ」，不會唸做「よんじ」或「しじ」，要注意。

> 4時　✕よんじ　✕しじ　→　○よじ

❷ 9點唸「くじ」，不是「きゅうじ」。

> 9時　✕きゅうじ　→　○くじ

❸ 7有「しち」和「なな」兩種唸法，所以7點可唸做「しちじ」或是「ななじ」，但是大部分的人會唸做「しちじ」。可是由於「7時：しちじ」和「1時：いちじ」發音很像，有些人為了防止對方聽錯，也會刻意唸成「ななじ」。

> 7時　○しちじ（△ななじ）

練習1 套進去說說看！

A：あのう、①今日の　授業、何時に　始まりますか。

B：ええと……、②10時ですよ。

A：そうですか。ありがとう　ございます。

A：那個，①今天的課是從幾點開始呢？

B：嗯……，②10點喔。

A：這樣啊！謝謝你。

例 ①今日の授業

②10時

❶ ①午後の会議

②2時

❷ ①明日のコンサート

②3時20分

❸ ①今晩の映画

②6時半

❹ ①今日の試験

②4時10分

❺ ①会話の授業

②8時15分

例　①今天的課 ②10點

1. ①下午的會議 ②2點　　2. ①明天的演唱會 ②3點20分

3. ①今晚的電影 ②6點半　　4. ①今天的考試 ②4點10分

5. ①會話課 ②8點15分

練習2 套進去說說看！

A：今　①3時ですよね……。
　　②会話の　試験は　何時から　ですか。
B：③2時から　ですよ。
A：えっ、うそ！

A：現在①3點對吧……。
　　②會話的考試從幾點開始呢？
B：③2點喔。
A：啊？真的假的！

例 ①3時
　　②会話の試験
　　③2時

❶ ①1時40分
　　②会議
　　③2時

❷ ①8時15分
　　②コンサート
　　③9時

❸ ①6時10分
　　②映画
　　③6時半

例　①3點 ②學校的餐廳 ③2點

1. ①1點40分 ②會議 ③2點　　　2. ①8點15分 ②演唱會 ③9點

3. ①6點10分 ②電影 ③6點半

⊛ Point!

A. 助詞「は」的省略

對話中，表示主詞的助詞「は」常常被省略。

例／

今日（きょう）の　映画（えいが）は　何時（なんじ）から　始（はじ）まりますか。
＝今日（きょう）の　映画（えいが）、何時（なんじ）から　始（はじ）まりますか。

今天的電影，是從幾點開始呢？

B.「よね」（～對吧？）

用來表示確認。

例／

A：「今日（きょう）の　授業（じゅぎょう）は　10時（じゅうじ）からですよね。」
B：「ええ、そうですよ。」

A：「今天的課是從10點開始對吧？」
B：「嗯，沒錯喔。」

C. 時間「に」

「に」前面的時間，要放含有數字的名詞或特定的日子；「に」後面放表示動作的動詞，來表達動作發生的時間。

時間	①含有數字的名詞	＋に＋動詞
	②特定的日子	

例／

会議（かいぎ）は　3時（さんじ）に　始（はじ）まります。　會議從3點開始。
学校（がっこう）は　9月（くがつ）に　始（はじ）まります。　學校從9月開始。

工事は　２０１０年に　終わりました。　施工到2010年結束。

クリスマスに　レストランで　食事します。　聖誕節時在餐廳用餐。

お正月に　日本へ　行きます。　過年時去日本。

＊「數字＋です」因為後面沒有動詞，不需要加助詞「に」。
　×5時に　です。
　○5時です。　5點。

＊表達數字或特定的日子以外的時間時，不需要加助詞「に」。
　×あしたに　試験が　終わります。
　○あした　試験が　終わります。　考試在明天結束。

＊表達星期幾時，助詞「に」可加可不加。
　○試験は　木曜日に　終わります。　考試在星期四結束。
　○試験は　木曜日　終わります。　考試在星期四結束。

D.「から」（從～）

　　「から」是用來表示時間、地點開始的起點。

例

３時から　始まります。　從3點開始。

＝３時に　始まります。　3點開始。

❀ 生詞 3

 MP3-22

❶ でんわ 0 名	電話	電話
❷ ばんごう 3 名	番号	號碼
❸ やすみ 0 名	休み	假日
❹ そちら 0 代		那邊
❺ なんばん 1 疑代	何番	幾號
❻ なんようび 3 疑代	何曜日	星期幾

❼

> どうも。
> 謝謝。

星期、建築物請參考本書P.80。

❀ 文型 3

MP3-22

❶ 美術館（びじゅつかん）は 午前（ごぜん） 9時（くじ）から 午後（ごご） 4時（よじ）までです。

❷ 電話番号（でんわばんごう）は 何番（なんばん）ですか。
０３-１３８９です。（ぜろさんのいちさんはちきゅう）

❸ 今日（きょう）は 水曜日（すいようび）です。

❶ 美術館從上午9點到下午4點。

❷ 電話號碼是幾號呢？
03-1389。

❸ 今天星期三。

🎧 情境會話 3　　　　　　　　　　　　　　　▶ MP3-23

客　　　　　：ええと、ABCマートの　電話番号は……、
　　　　　　　（邊看電話簿）０・３の６・１・８・４……。

ABCマート：はい、ABCマートです。

客　　　　　：あのう、すみません。

　　　　　　　そちらは　何時から　何時までですか。

ABCマート：9時から　5時までです。

客　　　　　：それから、休みは　何曜日ですか。

ABCマート：火曜日です。

客　　　　　：ああ、そうですか。火曜日ですね。どうも。

客人：那個，ABC商業中心的電話號碼是……，

　　　（邊看電話簿）03-6184……。

ABC商業中心：您好，這裡是ABC商業中心。

客人　　　　：那個，不好意思。

　　　　　　　你們那邊是從幾點到幾點呢？

ABC商業中心：從9點到5點。

客人　　　　：還有，星期幾公休呢？

ABC商業中心：星期二。

客人　　　　：啊！這樣啊。星期二對吧？謝謝。

◉ 暖身一下

首先讀讀看第78頁的數字，然後試試看能不能讀出下面的電話號碼。

❶ (09) 652-2286

❷ (03) 891-3045

❸ (02) 371-4982

Memo：電話號碼的數字

❶ 「7」可以唸做「しち」或「なな」，兩個唸法都可以。但是「7（しち）」和「1（いち）」非常像，若是説「しち」和「なな」哪一個比較好，則唸成「なな」會比較好。

❷ 「4」也可以讀做「よん」或「し」，但是假如是447的話，就會變成「し・し・しち」。因為不好唸，所以讀做「よん・よん・なな」會比較好。

❸ 「0」不只可以唸「ゼロ」或「れい」，也有人唸成「まる」。例如，401「よん・まる・いち」。

例 電話號碼03-4178，唸法就是「ゼロ・さん・の・よん・いち・なな・はち」。（連字符號的唸法請參考P.64）

🎞練習Ⅰ 套進去說說看！

A：①<u>陳</u>さんの　電話番号は　何番ですか。

B：ええと、②<u>０３‐２９７８</u>ですよ。

A：②<u>０３‐２９７８</u>ですね。どうも。

A：①<u>陳</u>小姐的電話是幾號呢？

B：嗯……，②<u>03-2978</u>喔。

A：②<u>03-2978</u>對吧？謝謝。

例
①陳
②03-2978

❶
①曾
②09-3469

❷
①王
②07-154-206

❸
①サニー（Sunny）
②06-932-741

❹
①山下
②03-697-190

❺
①楊
②02-648-272

❻
①張
②09-249-538

❼
①アン（Ann）
②05-846-279

❽
①田中
②04-301-945

問問看同學的電話號碼吧！

⊛練習2 套進去說說看！

A：すみません。   A：不好意思，

   ①美術館は 何時から 何時までですか。   ①美術館從幾點到幾點呢？

B：②9時から 5時までですよ。   B：②9點到5點喔。

例

①美術館
②午前9:00～午後5:00

❶

①図書館
②午前8:30～午後9:00

❷

①デパート
②午前11:00～午後10:00

❸

①市役所
②午前8:10～午後5:00

❹

①銀行
②午前9:00～午後3:30

❺

①スーパー
②午前10:30～午後9:15

❻

①動物園
②午前9:00～午後4:45

❼

①本屋
②午前10:00～午後9:50

❽

①病院
②午前7:50～午後6:30

例　美術館

1. 圖書館　2. 百貨公司　3. 市公所　4. 銀行　5. 超市　6. 動物園　7. 書店　8. 醫院

🎞 練習3 套進去說說看！

客 ：①美術館の 休みは 何曜日ですか。　　客人 ：①美術館星期幾公休呢？

美術館：②火曜日です。　　　　　　　　　　美術館：②星期二。

客 ：ああ、そうですか。②火曜日ですね。　客人 ：啊，這樣啊。②星期二是吧？

　　　　どうも。　　　　　　　　　　　　　　　　謝謝。

例

①美術館
②火曜日

❶

①図書館
②月曜日

❷

①デパート
②水曜日

❸

①市役所
②土曜日と日曜日

❹

①花屋
②木曜日

❺

①スーパー
②火曜日

❻

①動物園
②金曜日

❼

①病院
②日曜日

例　①美術館 ②星期二

1. ①圖書館 ②星期一　2. ①百貨公司 ②星期三　3. ①市公所 ②星期六與星期日

4. ①花店 ②星期四　　5. ①超市 ②星期二　　6. ①動物園 ②星期五　7. ①醫院 ②星期日

— 63 —

Point!

A. 電話號碼的連字符號（XXのXXXX）

電話號碼「XX-XXXX」中的連字符號，在日語唸做「の」。

例

ぜろ　いち　の　に　さん　よん　ご
０　　１　　-　　２　　３　　４　　５

B.「そちら」那邊

「そちら」指的是聽話者所在的地方，比起「そこ」是較有禮貌的說法。而「そちら」較為口語，口語不正式的說法是「そっち」。

例

A：**そちら**は、何時<small>なんじ</small>から　何時<small>なんじ</small>までですか。
B：午前<small>ごぜん</small>　８時<small>はちじ</small>から　午後<small>ごご</small>　５時<small>ごじ</small>までですよ。

A：那邊是從幾點到幾點呢？
B：上午8點到下午5點喔。

C. 確認語氣「ね」（嗎？）

在句尾加上「ね」時，可用來表示確認，說的時候，音調要上揚，例如「火曜日<small>かようび</small>ですね。↗」（星期二嗎？）。此用法日常生活中常會用到，可讓說出來的日語變得更自然。

例

A：美術館<small>びじゅつかん</small>の　休<small>やす</small>みは　何曜日<small>なんようび</small>ですか。
B：火曜日<small>かようび</small>です。
A：ああ、そうですか。火曜日<small>かようび</small>です**ね**。↗

A：美術館星期幾公休呢？
B：星期二。
A：啊，這樣啊。星期二**嗎**？

D. 助詞「と」（和）

名詞並列時，要用「と」來連接。請注意！只能用在「名詞＋名詞」的時候。

例

土曜日と　日曜日は　休みです。

星期六**和**星期日是假日。

土曜日　**と**　日曜日

名詞　　　　　名詞

E.「どうも」（謝謝）

「どうも」是「どうもありがとう」的簡化表現，用於表達輕微感謝之心。因為禮貌程度比較低，所以與身分地位較高的人對話時，盡量不要使用。

例

A：本間さんの　電話番号は　何番ですか。

B：03-1234ですよ。

A：**どうも。**

A：本間同學的電話是幾號呢？

B：03-1234喔。

A：**謝謝**。

F.「～から～まで」（從～到～）

「から」是指時間、地點的起點；「まで」是指時間、地點的終點。可以單獨使用，也可以像「～から～まで」這樣一起搭配使用。

例

デパートは　午前　10時**から**です。　百貨公司**從**早上10點開始。

デパートは　午後　9時半**まで**です。　百貨公司**到**晚上9點半。

デパートは　午前　10時**から**　午後　9時半**まで**です。

百貨公司**從**早上10點**到**晚上9點半。

＊小心！

× 5時まで　終わります。

○ 5時に　終わります。　5點結束。

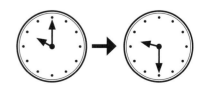

 會話

❀ 生詞

▶ MP3-24

❶ えいぎょう 0 名	営業	營業
❷ かいかん 4 名	開館	開館、開始營業
❸ きゅうかんび 3 名	休館日	閉館日、休館日
❹ きゅうしん 0 名	休診	休診
❺ しゅくさいじつ 4 名	祝祭日	節日
❻ ていきゅうび 3 名	定休日	公休日
❼ テル 1 名	TEL（英）	電話
❽ ねんじゅうむきゅう 1 名	年中無休	全年無休

❀ 問題1 詢問電話、營業時間、公休日

請2人1組，先練習以下的會話。

會話例1

A：あのう、すみません。
　　元気デパートの　電話番号は　何番ですか。
B：ええと、ちょっと　待ってね。（查詢中）
　　02-1346ですよ。
A：02-1346ですね。ありがとう　ございました。

A：那個，不好意思。

　　請問元氣百貨公司的電話號碼是幾號呢？

B：嗯……，稍等一下喔。（查詢中）

　　02-1346喔。

A：02-1346嗎？謝謝。

會話例2

A：もしもし、元気(げんき)デパートですか。

B：はい、そうです。

A：あのう、そちらは　何時(なんじ)から　何時(なんじ)までですか。

B：午前(ごぜん)　１１時(じゅういちじ)から　午後(ごご)　10時(じゅうじ)までです。

A：休(やす)みは　何曜日(なんようび)ですか。

B：休(やす)みですか。水曜日(すいようび)ですよ。

A：そうですか。どうも　ありがとう　ございました。

A：喂，請問是元氣百貨公司嗎？

B：是的。

A：那個，請問你們那邊是從幾點到幾點呢？

B：上午11點到晚上10點。

A：星期幾休息呢？

B：公休嗎？星期三喔。

A：這樣啊。非常感謝。

練習Ⅰ

請2人1組，分別擔任A和B的角色，參考第66、67頁的會話例1、2，進行2人對話。

❶ A先詢問B，活動表格Ⅰ中場所的電話號碼、營業時間、休假日分別為何。

❷ B請參考第70頁的招牌Ⅰ，並回答A的問題。

❸ A將B的回答，填入活動表格Ⅰ中。

活動表格Ⅰ

名前 名字	電話番号 電話號碼	営業時間 營業時間	休み 休假日
例 元気デパート 元氣百貨公司	02-1246	午前１１時～午後10時 上午11點到晚上10點	水曜日 星期三
❶ 東京図書館 東京圖書館			
❷ あさひ病院 旭醫院			
❸ 山下美術館 山下美術館			

練習2

請2人角色互換，參考第66、67頁的會話例1、2，進行2人對話。

❶ B詢問A，活動表格II中場所的的電話號碼、營業時間、休假日分別為何。

❷ A請參考第70頁的招牌II，並回答B的問題。

❸ B將A的回答，填入活動表格II中。

活動表格 II

名前 名字	電話番号 電話號碼	営業時間 營業時間	休み 休假日
例 元気デパート 元氣百貨公司	02-1246	午前１１時〜午後10時 上午11點到晚上10點	水曜日 星期三
❶ 三井書店 三井書局			
❷ 茶屋　桜 櫻　茶屋			
❸ 上野博物館 上野博物館			

招牌 I

元気デパート

11AM－10PM

定休日：水曜日

電話：02-1346

東京図書館

開館

火曜日〜土曜日：午前10時〜午後6時

日曜日：午前9時30分〜午後5時

TEL：53-5704

あさひ病院

時間

午前7：00-12：00

午後4：00-7：00

休診：日曜日・祝祭日

TEL：248-7812

山下美術館

ご案内

開館時間：AM9：00-PM5：10

休館日：火曜日

電話：19-8642

招牌 II

元気デパート

11AM－10PM

定休日：水曜日

電話：02-1346

茶屋　桜

AM8：30〜PM12：30

定休日：年中無休

Tel 54-2988

三井書店

営業時間

8：30-22：00

定休日：月曜日

TEL：23-1799

上野博物館

開館時間

午前9時30分〜午後5時00分

休館日：火曜日

電話：91-3468

🎯 問題2 確認時刻表

請2人1組，先練習以下的會話。

會話例

A：あのう、すみません。今、何時ですか。

B：＿＿＿＿＿＿時＿＿＿＿＿＿分 / 分ですよ。

A：そうですか。えっ、じゃ、次の　バスは　何時ですか。

B：ええと、＿＿＿＿＿＿時＿＿＿＿＿＿分 / 分ですよ。

A：＿＿＿＿＿＿時＿＿＿＿＿＿分 / 分ですね。

　　わかりました。どうも。

B：いいえ。

A：那個，不好意思。請問現在幾點呢？

B：＿＿＿＿＿點＿＿＿＿＿分喔。

A：這樣啊。啊！那下一班公車是幾點呢？

B：嗯……，＿＿＿＿＿點＿＿＿＿＿分喔。

A：＿＿＿＿＿點＿＿＿＿＿分嗎？

　　知道了。謝謝。

B：不客氣。

練習 1

請2人1組，分別擔任A和B的角色，參考第71頁的會話例，進行2人對話。

❶ A先詢問B，活動表格I中的現在時間和下一班公車的時間為何。

❷ B請參考第73頁的「現在的時間I」、「公車時刻表I」，回答A的問題。

❸ A將B的回答，填入活動表格I中。

活動表格 I

	今の時間 現在的時間	次のバスの時間 下一班公車的時間
❶		
❷		
❸		

練習 2

請2人角色互換，參考第71頁的會話例，進行2人對話。

❶ B詢問A，活動表格II中的現在時間和下一班公車的時間為何。

❷ A請參考第73頁的「現在的時間II」、「公車時刻表II」，回答B的問題。

❸ B將A的回答，填入活動表格II中。

活動表格 II

	今の時間 現在的時間	次のバスの時間 下一班公車的時間
❶		
❷		
❸		

現在的時間 I

❶ 12：46   ❷ 14：23   ❸ 16：57

公車時刻表 I

バス時刻表		
台北駅		
8	10　30　50	
9	15　40	
10	25　50	
11	18　53	
12	10　45	
13	05　50	
15	42	
16	38	
17	10　30　50	

現在的時間 II

❶ 8：15   ❷ 9：30   ❸ 10：38

公車時刻表 II

バス時刻表		
台北駅		
8	23　42　51	
9	26　48　59	
10	30　50	
11	20　35	
12	15　30	
13	35　55	
15	20	
16	18　42	
17	11　24　45	

⊛問題3 回答問題

聽CD，一起做會話的練習吧！問題有5題。對於CD所播放的問題，你要怎麼回答呢？
試著把答案寫在下面吧！

❶ _____

❷ _____

❸ _____

❹ _____

❺ _____

聽力

問題 I

聆聽對話，完成表1。

生詞

▶ MP3-26

❶ えいご ⓪ 名	英語	英語
❷ いっぱんきょうよう ⑤ 名	一般教養	通識教育
❸ かいわ ⓪ 名	会話	會話
❹ たいいく ① 名	体育	體育
❺ ちょうかい ⓪ 名	聴解	聽力
❻ はつおん ⓪ 名	発音	發音
❼ ぶんぽう ⓪ 名	文法	文法
❽ クラス ① 名	class（英）	班級、課

（表 I ）時間割表　課表

▶ MP3-27

		月曜日	火曜日	水曜日	木曜日	金曜日
1時限	8:00-8:50				体育	一般教養
2時限	9:00-9:50				体育	一般教養
3時限	10:00-10:50	会話		例 **英語**		文法
4時限	11:00-11:50	会話		**英語**		文法
5時限	1:00-1:50		発音	一般教養		
6時限	2:00-2:50			一般教養		
7時限	3:00-3:50					

⊛ 問題2

聆聽你的朋友星川同學和台灣留學生的對話，並填入聽到的電話號碼，完成表2。

生詞　　　　　　　　　　　　　　　　　　▶ MP3-28

① けいさつしょ ⓪ 名　　　　警察署　　　　警察局

② けいたいでんわ ⑤ 名　　　携帯電話　　　手機

③ さいご ① 名　　　　　　最後　　　　　最後

④ しょうぼうしょ ⑤ 名　　　消防署　　　　消防局

⑤ おしい ② い形　　　　　惜しい　　　　可惜

（表2）　　　　　　　　　　　　　　　　▶ MP3-29

	でん わ ばんごう 電話番号 電話號碼
① けいさつしょ 警察署 警察	
② しょうぼうしょ 消防署 消防署	
③ ほしかわ 星川さん 星川同學	
④ リーリン 李齡	
⑤ せんせい 先生 老師	

— 76 —

◉問題3

「教室的號碼是幾號呢？」請聆聽對話，完成表3。

生詞　　　　　　　　　　　　　　　　　　　　　　　　▶ MP3-30

① おんがく 1 名　　　　　音楽　　　　　　音樂

② きょうしつ 0 名　　　　教室　　　　　　教室

③ じむしょ 2 名　　　　　事務所　　　　　辦公室

④ ごめんなさい 5　　　　　　　　　　　　對不起

⑤ コンピューター 3 名　　computer（英）　電腦

事務所の人
辦公室的人

リーリン
李齡

（表3）　　　　　　　　　　　　　　　　　　　　　　　▶ MP3-31

音楽教室	事務所	コンピューター教室
_____	_____	_____

日本語教室	英語教室
_____	_____

自己打分數

　✓ 能夠進行有關時間（～點～分）的問答。

　✓ 能夠進行有關電話號碼的問答。

　✓ 懂得表達星期制。

　☆☆☆☆☆（一顆星20分，滿分100分，請自行塗滿。）

1. 数字　數字

▶ MP3-32

ゼロ・れい 0	いち 1	に 2	さん 3	し・よん 4
ご 5	ろく 6	なな・しち 7	はち 8	きゅう・く 9
じゅう 10	にじゅう 20	さんじゅう 30	よんじゅう 40	ごじゅう 50
ろくじゅう 60	ななじゅう 70	はちじゅう 80	きゅうじゅう 90	

2. 時間　時間

▶ MP3-33

何時？　幾點？　　　　　　　午前 上午　午後 下午

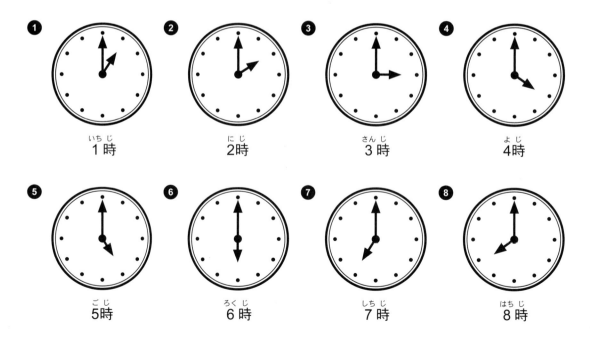

❶ いちじ　1時
❷ にじ　2時
❸ さんじ　3時
❹ よじ　4時
❺ ごじ　5時
❻ ろくじ　6時
❼ しちじ　7時
❽ はちじ　8時

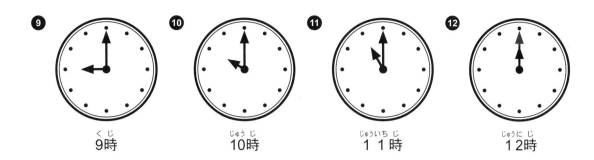

9時（くじ）　10時（じゅうじ）　11時（じゅういちじ）　12時（じゅうにじ）

何分？　幾分？（なんぷん）

| いっぷん 1分 | にふん 2分 | さんぷん 3分 | よんぷん 4分 | ごふん 5分 |

| ろっぷん 6分 | ななふん 7分 | はっぷん 8分 | きゅうふん 9分 |

| じゅっぷん（じっぷん） 10分 | にじゅっぷん（にじっぷん） 20分 | さんじゅっぷん（さんじっぷん） 30分 |

| よんじゅっぷん（よんじっぷん） 40分 | ごじゅっぷん（ごじっぷん） 50分 |

30分＝半（はん）

分　　ふん	分　　ぷん
2分　にふん	1分　いっぷん
5分　ごふん	3分　さんぷん
7分　ななふん	4分　よんぷん
9分　きゅうふん	6分　ろっぷん
	8分　はっぷん
	10分　じゅっぷん・じっぷん
	何分　なんぷん

何曜日？ 星期幾？
<small>なんようび</small>

月曜日	げつようび	星期一
火曜日	かようび	星期二
水曜日	すいようび	星期三
木曜日	もくようび	星期四
金曜日	きんようび	星期五
土曜日	どようび	星期六
日曜日	にちようび	星期日

3. 建物　建築物
<small>たてもの</small>

▶ MP3-34

図書館
<small>としょかん</small>

圖書館

美術館
<small>びじゅつかん</small>

美術館

学校
<small>がっこう</small>

學校

銀行
<small>ぎんこう</small>

銀行

動物園
<small>どうぶつえん</small>

動物園

植物園
<small>しょくぶつえん</small>

植物園

病院
<small>びょういん</small>

醫院

市役所
<small>しやくしょ</small>

市公所

体育館
<small>たいいくかん</small>

體育館

レストラン

餐廳

喫茶店
<small>きっさてん</small>

咖啡館

遊園地
<small>ゆうえんち</small>

遊樂園

映画館
<small>えいがかん</small>

電影院

デパート

百貨公司

スーパー

超市

本屋
<small>ほんや</small>

書店

日本人の時間厳守の姿勢

日本人的守時觀

　　日本民族的「時間厳守」（守時）是舉世皆知的。對日本人而言，於約定的時間內到達指定地點，是必須嚴守的事情。約百年前的日本社會，也曾經和其他的傳統農業社會一樣，有著自己的生活步調。明治維新時，引進西方的觀念及管理，在現代化過程中徹底改造了日本。

　　就如同諺語「時間就是金錢」所言，近代社會的日本人認為時間是很寶貴的，所以將守時視為美德，也是種禮貌，因此日本人珍惜時間、重視他人寶貴的時間，不給約會的對方造成麻煩。這種觀念並非用在個人日常生活中的事情（例如交通工具準點到達、發車等）而已，於商場中更為重要，作為職場人，無論是面試、洽商、赴約，必定「時間厳守」。即使是關係親密的人之間偶有遲到，也會事先通知。

　　從其他角度來看，無法遵守時間的人，在生活上被視為缺乏責任感、不守信用，在職場上則會被認定為工作態度鬆散，極有可能造成公司損失，並在人脈建立和信用等諸多問題上造成嚴重影響，因此日本人將「時間厳守」謹記於心，並落實在生活及工作中。

MEMO

買い物
か　　　もの

購物

同學們喜歡買東買西嗎？
一起學習如何在
百貨公司購物吧。

學習目標

① 能夠詢問哪裡有賣想要的物品。

② 能夠詢問想買物品的詳細資訊，如產地、價錢等。

③ 能夠表達需要的數量。

暖身一下 唸唸看吧！

～階　～樓

～階	讀法	～階	讀法
1階	**いっかい**	8階	**はっかい**
2階	にかい	9階	きゅうかい
3階	**さんがい**	10階	**じゅっかい**
4階	よんかい	地下1階	ちかいっかい
5階	ごかい	地下2階	ちかにかい
6階	**ろっかい**	地下3階	ちかさんがい
7階	ななかい		

値段　價格

いちえん 1円	じゅうえん 10円	ひゃくえん **100円**	せんえん **1000円**
にえん 2円	にじゅうえん 20円	にひゃくえん 200円	にせんえん 2000円
さんえん 3円	さんじゅうえん 30円	さんびゃくえん **300円**	さんぜんえん **3000円**
よえん **4円**	よんじゅうえん 40円	よんひゃくえん 400円	よんせんえん 4000円
ごえん 5円	ごじゅうえん 50円	ごひゃくえん 500円	ごせんえん 5000円
ろくえん 6円	ろくじゅうえん 60円	ろっぴゃくえん **600円**	ろくせんえん 6000円
ななえん 7円	ななじゅうえん 70円	ななひゃくえん 700円	ななせんえん 7000円
はちえん 8円	はちじゅうえん 80円	はっぴゃくえん **800円**	はっせんえん **8000円**
きゅうえん 9円	きゅうじゅうえん 90円	きゅうひゃくえん 900円	きゅうせんえん 9000円
いちまんえん 1万円	じゅうまんえん 10万円	ひゃくまんえん 100万円	

🎴 生詞 I

🔊 MP3-36

①	うりば ⓪ 名	売り場	賣場
②	かばん ⓪ 名	鞄	包包
③	くつ ② 名	靴	鞋子
④	けしょうひん ⓪ 名	化粧品	化妝品
⑤	けしゴム ⓪ 名	消しゴム　gum（英）	橡皮擦
⑥	ざっし ⓪ 名	雑誌	雜誌
⑦	ちか ① 名	地下	地下
⑧	ちゅうしゃじょう ⓪ 名	駐車場	停車場
⑨	テレビ ① 名	television（英）	電視
⑩	とけい ⓪ 名	時計	時鐘
⑪	ふく ② 名	服	衣服
⑫	ほん ① 名	本	書本
⑬	ボールペン ④ 名	ball（英）＋pen（英）	原子筆
⑭	めがね ① 名	眼鏡	眼鏡
⑮	いらっしゃいませ ⑥		歡迎光臨
⑯	どこ ①		哪裡
⑰	で　ございます		「です」的禮貌形

🎴 文型 I

🔊 MP3-36

❶ かばん売り場は　どこですか。　　　❶ 請問包包的賣場在哪裡呢？

情境會話 1

店員（てんいん）：いらっしゃいませ。

客（きゃく）：すみません。くつ売り場（うば）は　どこですか。

店員（てんいん）：くつ売り場（うば）ですか。

くつ売り場（うば）は　3階（さんがい）で　ございます。

客（きゃく）：3階（さんがい）ですか。どうも。

店員：歡迎光臨。

客人：不好意思，請問鞋子的賣場在哪裡呢？

店員：鞋子的賣場嗎？鞋子的賣場位於3樓。

客人：3樓嗎？謝謝。

暖身一下 樓層的讀法

～階	讀法
10階	じゅっかい
9階	
8階	
7階	ななかい
6階	
5階	ごかい
4階	
3階	
2階	にかい
1階	いっかい
地下1階	
地下2階	
地下3階	ちかさんがい

會唸嗎？
答案請見P.240。

🎬 練習I 套進去說說看！

A：<u>くつ</u>は　どこですか。
B：1階です。
A：そうですか。どうも。

A：<u>くつ</u>は　どこですか。
B：さあ……。
A：そうですか。

A：請問<u>鞋子</u>在哪裡呢？
B：在1樓。
A：這樣啊。謝謝。

A：請問<u>鞋子</u>在哪裡呢？
B：這個嘛……。
A：這樣啊。

例

くつ

❶ かばん

❷ かさ

❸ 本

❹ 時計

❺ 消しゴム

❻ 眼鏡

❼ ボールペン

❽ 雑誌

例　鞋子

1.包包　2.傘　3.書本　4.時鐘　5.橡皮擦　6 眼鏡　7.原子筆　8.雜誌

練習2 套進去說說看！

客　：すみません。　　　　　　　　　　　　　客人：不好意思，

　　　くつ売り場は　どこですか。　　　　　　　　　請問鞋子的賣場在哪裡呢？

店員：くつ売り場ですか。3階で　ございます。　店員：鞋子的賣場嗎？在3樓。

客　：3階ですか。どうも。　　　　　　　　　客人：3樓嗎？謝謝。

6階	テレビ		6樓	電視
5階	本		5樓	書本
4階	服		4樓	衣服
3階	くつ		3樓	鞋子
2階	かばん		2樓	包包
1階	化粧品		1樓	化妝品
地下1階	駐車場		B1	停車場

例　くつ売り場

❶駐車場　　❷かばん売り場　　❸服売り場

❹本売り場　　❺化粧品売り場

例　鞋子賣場

1. 停車場　2. 包包賣場　3. 衣服賣場　4. 書本賣場　5. 化妝品賣場

⚙ Point!

A. 樓層的讀法（請參考P.240）

促音變的樓層

「1階」、「6階」、「8階」、「10階」的讀音為促音「っ」變。其中「8階」則是「はちかい」或「はっかい」兩者皆可使用。

	1階	6階	8階	10階
✕	いちかい	ろくかい		じゅうかい
○促音	いっかい	ろっかい	はちかい・はっかい	じゅっかい・じっかい

濁音變的樓層

「3階（さんがい）」跟「何階（なんがい）」的唸法會濁音化。若是唸作「さんかい」和「なんかい」則會變成「3回（3次）」跟「何回（幾次）」的意思。

	3階	何階
✕	さんかい	なんかい
○濁音	さんがい	なんがい

不可以使用其他讀法的樓層

「4階」不會唸作「しかい」，「9階」也不會唸作「くかい」。

	4階	9階
✕	しかい	くかい
○	よんかい	きゅうかい

B. 禮貌體「でございます」

「でございます」是「です」的禮貌體。

すみません。
くつ売り場は　どこですか。
不好意思，
請問鞋子的賣場在哪裡呢？

3階で　ございます。
在3樓。

— 89 —

C.「いらっしゃいませ」（歡迎光臨）

「いらっしゃいませ」是有人來訪、或者是有客人來店裡光顧的時候所用的禮貌語句。另外，「いらっしゃい」也有著歡迎的意思。雖然主要用於家中有客人來訪時，但是在魚店、蔬菜店等等需要充滿精神才能吸引客人光顧的店舖，也會大聲地用「いらっしゃい、いらっしゃい」作為招呼客人的口號。

D.「さあ↘」（這個嘛……）

當不知道怎麼回應對方的問題時可以使用，語尾的音調是下降的。

すみません。
本屋は　どこですか。
不好意思。書店在哪裡呢？

さあ。
這個嘛……。

第3課（2）

🎞 生詞 2

① これ ₂ 代   這個

② それ ₂ 代   那個

③ この ₂ 代   這～

④ その ₂ 代   那～

⑤ そっち ₃ 代   那裡

⑥ こちら ₃ 代   這裡

⑦ カメラ ₁ 名   camera（英）   相機

⑧ けいたいでんわ ₅ 名   携帯電話   手機

⑨ チョコレート ₃ 名   chocolate（英）   巧克力

⑩ ウーロンちゃ ₃ 名   ウーロン茶　oolong（英） 烏龍茶

⑪ コーヒー ₃ 名   coffee（英）   咖啡

⑫ ビール ₁ 名   beer（英）   啤酒

⑬ ワイン ₁ 名   wine（英）   葡萄酒

⑭ いくら 疑代   多少錢

⑮ （～を）ください   請給我～

❀ 文型 2

❶ それは 日本^{にほん}の カメラです。

❷ これは 日本^{にほん}のです。

❸ これは いくらですか。

❹ その ワインは フランスのです。

❶ 那個是日本的相機。

❷ 這個是日本的。

❸ 這個多少錢呢？

❹ 那瓶葡萄酒是法國的。

❀ 暖身一下 試著發音看看！

十^{じゅう}　百^{ひゃく}　千^{せん}　万^{まん}

30	（3さん＋10じゅう） ＝さんじゅう
150	（100ひゃく＋50ごじゅう） ＝**ひゃく** ごじゅう
620	（600ろっぴゃく＋20にじゅう） ＝**ろっぴゃく** にじゅう
815	（800はっぴゃく＋15じゅうご） ＝**はっぴゃく** じゅうご
1200	（1000せん＋200にひゃく） ＝**せん** にひゃく
3400	（3000さんぜん＋400よんひゃく） ＝さん**ぜん** **よん**ひゃく
8680	（8000はっせん＋600ろっぴゃく＋80はちじゅう） ＝**はっせん ろっぴゃく** はちじゅう
19000	（10000いちまん＋9000きゅうせん） ＝いちまん **きゅうせん**
157000	（150000じゅうごまん＋7000ななせん） ＝じゅうごまん ななせん

情境會話 2

客 ：あのう、それは　どこの　チョコレートですか。

店員：こちらの　チョコレートは　スイスのです。

客 ：いくらですか。

店員：2000円です。

客 ：2000円！んん、じゃ、これは？

店員：そちらは　アメリカのです。1000円ですよ。

客 ：そうですか。じゃ、これを　ください。

客人：那個……，請問那個是哪裡的巧克力呢？

店員：這個巧克力是瑞士的。

客人：多少錢呢？

店員：2000日圓。

客人：2000日圓！嗯……，那麼，這個呢？

店員：那個是美國的。1000日圓哦。

客人：是這樣啊。那麼，請給我這個。

スイス
2000円

アメリカ
1000円

🏵 練習I 套進去說說看！

客 : あのう、これは　どこの　①チョコレートですか。

店員 : それは、②スイスの　①チョコレートです。

客人：那個……，這個這是哪裡的①巧克力呢？

店員：那個是②瑞士的①巧克力。

例
①チョコレート
②スイス
③1600

❶
①ワイン
②フランス
③1450

❷
①ビール
②ドイツ
③260

❸
①マンゴー
②台南
③150

❹
①ウーロン茶
②台湾
③720

❺
①りんご
②日本
③300

❻
①コーヒー
②ブラジル
③880

例　①巧克力 ②瑞士

1. ①葡萄酒 ②法國　2. ①啤酒 ②德國　3. ①芒果 ②台南　4. ①烏龍茶 ②台灣

5. ①蘋果 ②日本　6. ①咖啡 ②巴西

😊 練習2

請看著練習1的圖，試著做做看以下的會話練習。

客 ：すみません、その　①チョコレートは　いくらですか。
店員：③2000円です。
客 ：そうですか。じゃ、それを　ください。

客人：不好意思，那個①巧克力多少錢呢？

店員：③2000日圓。

客人：這樣啊。那麼，請給我那個。

❀練習3 套進去說說看！

客　：この　①カメラは　どこのですか。
店員：②SONY（ソニー）のです。
客　：じゃ、これは？
店員：そちらは、③NIKON（ニコン）のです。

客人：這台①相機是哪裡的呢？

店員：是②SONY的。

客人：那麼，這台呢？

店員：那台是③NIKON的。

例
①カメラ
②ソニー
③ニコン

❶
①時計
②セイコー
③ジーショック

❷
①ビール
②キリン
③サッポロ

❸
①くつ
②アディダス
③ナイキ

❹
①テレビ
②ソニー
③パナソニック

❺
①携帯電話
②アップル
③サムスン

❻
①コンピューター
②エーサー
③ソニー

例　①相機 ②SONY ③NIKON

1. ①時鐘 ②SEIKO ③G-SHOCK

2. ①啤酒 ②KIRIN ③SAPPORO

3. ①鞋子 ②ADIDAS ③NIKE

4. ①電視 ②SONY ③PANASONIC

5. ①手機 ②APPLE ③SAMSUNG

6. ①電腦 ②ACER ③SONY

🎞 Point!

A.「この、」「その」、「あの」（這～、那～、那～）

「この」、「その」、「あの」不能單獨使用，後面一定要接名詞。

例

この　ワインは　イタリアのです。　這瓶葡萄酒是義大利的。
　　　名詞

B.「どこの～」（哪裡的～？）

用來詢問製造商、生產國、生產地等等。

例

❶ 客{きゃく}　：これは　**どこの**　テレビですか。
　店員{てんいん}：SONYのです。

　客人：這是**哪裡的**電視呢？
　店員：是SONY的。

どこの？

❷ 客{きゃく}　：これは　**どこの**　ワインですか。
　店員{てんいん}：フランスのです。

　客人：這是**哪裡的**葡萄酒呢？
　店員：是法國的。

❸ 客{きゃく}　：これは　**どこの**　マンゴーですか。
　店員{てんいん}：台南{たいなん}のです。

　客人：這是**哪裡的**芒果呢？
　店員：是台南的。

C. 助詞「の」

「の」用於連接名詞，如「名詞1（N1）＋の＋名詞2（N2）」。有「N1修飾N2」、「N1隸屬於N2」、「有關N1的N2」及「N1所擁有的N2」等多種用法。

名詞1　　　　　　名詞2

若「名詞2」為對方已知的訊息，則可以省略重複的相同詞彙。

例

これは　フランス**の**　ワインです。　這是法國**的**葡萄酒。

＝これは　フランス**の**です。（「の」成為「ワイン」的替代名詞）　這是法國**的**。

D. 指示語

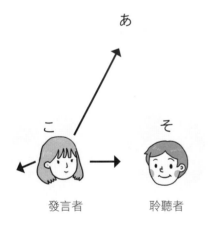

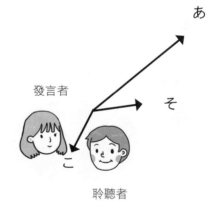

こ：離發言者較近的物品或場所　　　　こ：離兩者都較近的物品或場所

そ：離聆聽者較近的物品或場所　　　　そ：離兩者都較遠的物品或場所

あ：離兩者都很遠的物品或場所　　　　あ：離兩者都很遠的物品或場所

ど：疑問詞　　　　　　　　　　　　　ど：疑問詞

事物	物＆人 （連體詞）	場所	方向＆場所 （非正式用語）	方向＆場所 （禮貌用語）
これ	この＋名詞	ここ	こっち	こちら
それ	その＋名詞	そこ	そっち	そちら
あれ	あの＋名詞	あそこ	あっち	あちら
どれ	どの＋名詞	どこ	どっち	どちら

E.「～をください」（請給我～）

點餐或是購物時，除了「～を　ください」，也可以使用另一種説法：「～を お願いします」。

> 例

店員：いらっしゃいませ。

客　：すみません、それ**を　ください**。

　　　（すみません、それ**を　お願いします**）

店員：これですか。　３５０元です。

店員：歡迎光臨。

客人：不好意思，**請給我**那個。

店員：這個嗎？350元。

F.「じゃ・では」（那麼）

「じゃ」的禮貌體為「では」，使用時，也會有如「じゃあ」般把音拉長的情況。 用於根據對方所講的話及各種狀況，拿來下判斷、做結論時使用。

> 例

客　：すみません、その　チョコレートは　いくらですか。

店員：2000円です。

客　：そうですか。**じゃ**、それを　ください。

客人：不好意思，請問那個巧克力多少錢？

店員：2000日圓。

客人：這樣啊。**那麼**，請給我那個。

— 99 —

G.「これは？」（這個呢？）

用在省略相同主詞的詢問，語尾音調上揚以表示疑問。

例

客　　：これは　どこの　チョコレートですか。
店員　：そちらは　スイスのです。
客　　：じゃ、**これは？**（＝これは　どこの　チョコレートですか。）

客人：這是哪裡的巧克力呢？
店員：那個是瑞士的。
客人：那麼，**這個呢？**（＝這是哪裡的巧克力？）

H. 數字較大時需要注意的地方：「１００」、「１０００」、「１００００」

「100」、「1000」不需要「1（いち）」的音，直接唸作「ひゃく」、「せん」。但「10000」則必須唸作「いちまん」。

100　　：╳「いちひゃく」→ ○「ひゃく」
1000　：╳「いちせん」　→ ○「せん」
10000：╳「まん」　　　→ ○「いちまん」

「300」、「3000」、「何百」、「何千」的「百」和「千」的部分，並非唸作「ひゃく」、「せん」，而是濁音化為「びゃく」、「ぜん」。

300　：╳「さんひゃく」　　→ ○「さんびゃく」
3000：╳「さんせん」　　　→ ○「さんぜん」
何百　：╳「なんひゃく」　　→ ○「なんびゃく」
何千　：╳「なんせん」　　　→ ○「なんぜん」

I.「4」、「7」、「9」並非兩種唸法都能使用

40	70	90
✕「しじゅう」	✕「しちじゅう」	✕「くじゅう」
○「よんじゅう」	○「ななじゅう」	○「きゅうじゅう」

400	700	900
✕「しひゃく」	✕「しちひゃく」	✕「くひゃく」
○「よんひゃく」	○「ななひゃく」	○「きゅうひゃく」

4000	7000	9000
✕「しせん」	✕「しちせん」	✕「くせん」
○「よんせん」	○「ななせん」	○「きゅうせん」

J.「600」、「800」、「8000」的促音、半濁音

　　「600」、「800」、「8000」的場合，不唸作「ろくひゃく」、「はちひゃく」、「はちせん」，而是促音唸成「ろっぴゃく」、「はっぴゃく」、「はっせん」。另外，「600」、「8800」的「百」部分則發半濁音，唸作「ぴゃく」。

600　：✕「ろくひゃく」→ ○「ろっぴゃく」

800　：✕「はちひゃく」→ ○「はっぴゃく」

8000：✕「はちせん」　 → ○「はっせん」

🏵 第3課（3）🏵

🏵 生詞 3　　　　　　　　　　　　　　　　　　　　▶ MP3-40

| ① なん | 1 | 疑代 | 何 | 什麼 |

水果的名稱請參考請參考本書P.130。

🏵 文型 3　　　　　　　　　　　　　　　　　　　　▶ MP3-40

① ぶどうは　**どれ**ですか。

② それは　**何^{なん}**ですか。

① 葡萄是哪一個呢？

② 那是什麼呢？

🏵 暖身一下　水果

下面的水果用日文該怎麼說呢？答案請見P.240。

例

❶
❷
❸
❹
❺

❻
❼
❽
❾

🎧 情境會話 3　　　　　　　　　　　　　▶ MP3-41

店員（てんいん）：いらっしゃいませ。

客（きゃく）　：あのう、みかんは　どれですか。

店員（てんいん）：はい、こちらです。

客（きゃく）　：おっ？これは　何（なん）ですか。

店員（てんいん）：そちらですか。そちらは　スターフルーツですよ。

客（きゃく）　：へえ、スターフルーツですか。「星（ほし）の果物（くだもの）」ですね。

店員：歡迎光臨。

客人：那個……，請問橘子是哪一個呢？

店員：好的，在這邊。

客人：哦？這是什麼呢？

店員：那個嗎？那是楊桃喔。

客人：咦？楊桃啊。「星星的水果」呢。

◉ 練習1 套進去說說看！

てんいん 店員：いらっしゃいませ。	店員：歡迎光臨。
きゃく 客　：あのう。みかんは　どれですか。	客人：那個……，請問橘子是哪一個呢？
てんいん 店員：はい、こちらです。	店員：好的，在這邊。

例

みかん

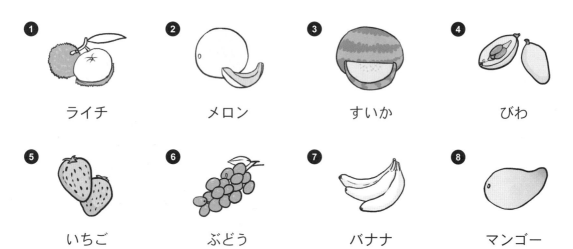

❶ ライチ	❷ メロン	❸ すいか	❹ びわ
❺ いちご	❻ ぶどう	❼ バナナ	❽ マンゴー

❾

さくらんぼ

例　橘子

1. 荔枝　2. 哈密瓜　3. 西瓜　4. 枇杷　5. 草莓　6. 葡萄　7. 香蕉　8. 芒果　9. 櫻桃

🎞 練習2 套進去說說看!

客 : すみません。これは 何ですか。

店員: それは、<u>ワイン</u>ですよ。

客 : へえ、<u>ワイン</u>ですか。

客人:不好意思,請問這是什麼呢?

店員:那是葡萄酒喔。

客人:咦?葡萄酒嗎?

例

ワイン

❶

消しゴム

❷

時計

❸

かばん

❹

ウーロン茶

❺

ボールペン

❻

化粧品

❼

ビール

❽

カメラ

❾

チョコレート

例 葡萄酒

1. 橡皮擦 2. 時鐘 3. 包包 4. 烏龍茶 5. 原子筆 6. 化妝品 7. 啤酒 8. 相機 9. 巧克力

Point!

A.「どれ」（哪一個）

「どれ」是從3個以上的東西之中選擇一個的時候所使用。「どの＋N」用法相同，也是從3個以上的東西或人之中選擇一個的時候使用。

例

<ruby>日本<rt>にほん</rt></ruby>の　りんごは　**どれ**ですか。

日本的蘋果是**哪個**呢？

どの　りんごが　<ruby>日本<rt>にほん</rt></ruby>のですか。

哪個蘋果是日本的呢？

B. 感動詞「おっ？」（哦？）和「へえ」（咦？）

對聆聽到的內容感到驚訝時所使用。

おっ？これは　<ruby>何<rt>なん</rt></ruby>ですか。
哦？這是什麼呢？

そちらは、
スターフルーツですよ。
那是楊桃喔。

へえ、スターフルーツですか。
咦？楊桃啊。

◉ 生詞 4　　　　　　　　　　　　　　　　　　　⏵ MP3-42

① ぜんぶ ① 副　　　　　　　　　全部　　　　　　　全部

②
お願_{ねが}いします。
拜託你了。

◉ 文型 4　　　　　　　　　　　　　　　　　　　⏵ MP3-42

① これを　1_{ひと}つ　ください。

② 全部_{ぜんぶ}で　300円_{さんびゃくえん}です。

❶ 請給我1個這個。

❷ 全部共300日圓。

◉ 暖身一下 試著發音看看！

●	●●	●●●	●●●●	●●●●●
ひとつ	ふたつ	みっつ	よっつ	いつつ
●●●●● ●	●●●●● ●●	●●●●● ●●●	●●●●● ●●●●	●●●●● ●●●●●
むっつ	ななつ	やっつ	ここのつ	とお

客　　：すみません。みかんは　1つ　いくらですか。

店員：50円です。

客　　：スターフルーツは？

店員：100円です。

客　　：じゃあ、みかんを　5つと　スターフルーツを
　　　　2つ　ください。

店員：みかんを　5つと　スターフルーツを……。

客　　：2つ　お願いします。

店員：ああ、2つですね。ありがとう　ございます。
　　　　では、全部で　450円です。

客人：不好意思，請問橘子1顆多少錢呢？

店員：50日圓。

客人：楊桃呢？

店員：是100日圓。

客人：那麼，請給我5顆橘子跟2顆楊桃。

店員：橘子5顆跟楊桃……。

客人：2顆，麻煩你了。

店員：啊，2顆嗎？謝謝惠顧。那麼，全部總共450日圓。

🎞️ 練習 I 套進去說說看！

客 ：すみません。みかんを 5つ ください。　　客人：不好意思，請給我5顆橘子。

店員：5つですね。ありがとう ございます。　　店員：5顆嗎？謝謝惠顧。

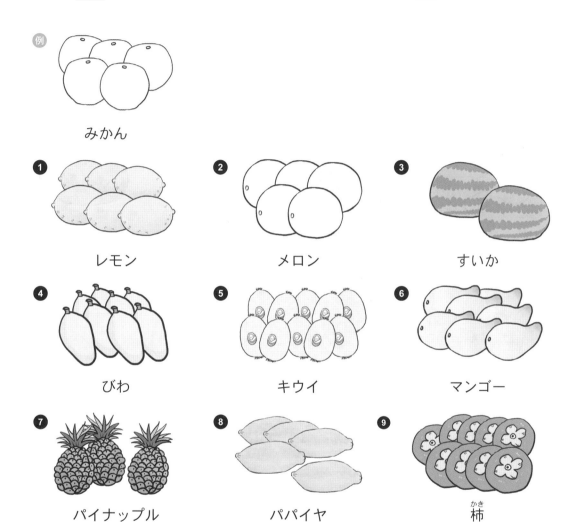

例 みかん

① レモン

② メロン

③ すいか

④ びわ

⑤ キウイ

⑥ マンゴー

⑦ パイナップル

⑧ パパイヤ

⑨ 柿

例　橘子

1. 檸檬　2. 哈密瓜　3. 西瓜　4. 枇杷　5. 奇異果　6. 芒果　7. 鳳梨　8. 木瓜　9. 柿子

😊練習2 套進去說說看！

客(きゃく)：すみません。①みかんを　5(いつ)つと

　　　　②スターフルーツを　2(ふた)つ　ください。

店員(てんいん)：①みかんを　5(いつ)つと

　　　　②スターフルーツを……。

客(きゃく)：②スターフルーツを　2(ふた)つ　お願(ねが)いします。

客人：不好意思。請給我①橘子5顆
跟②楊桃2顆。

店員：①橘子5顆跟
②楊桃……。

客人：②楊桃2顆，麻煩你了。

❶
①グレープフルーツ　②梨(なし)

❷

①メロン　②すいか

❸
①キウイ　②マンゴー

❹
①桃(もも)　②みかん

1. ①葡萄柚　②梨子　2. ①哈密瓜　②西瓜　3. ①奇異果　②芒果　4. ①水蜜桃 ②橘子

🎬 練習3 套進去說說看！

客 ：①りんごは　１つ　いくらですか。

店員：②１２０円です。

客 ：じゃ、３つ　ください。

店員：はい。では、全部で　３６０円です。

客人：①蘋果1顆多少錢呢？

店員：②120日圓。

客人：那麼，請給我3顆

店員：好的。全部總共360日圓。

例

①りんご
②120円

❶

①柿
②130円

❷

①すいか
②980円

❸

①パパイヤ
②350円

❹

①梨
②160円

❺

①グレープフルーツ
②200円

例　蘋果

1. 柿子　2. 西瓜　3. 木瓜　4. 梨子　5. 葡萄柚

✿ Point!

A. 量詞

「～つ」的這種數法屬於和語（日本固有的詞彙），從大型的物品到廣泛的物件、年齡（1歲到10歲）、至抽象的事物都能夠使用。

請參考書本P.107的暖身一下。

B.「名詞1を　數量と　名詞2を　數量　ください」
（請給我名詞～和名詞～）

「ください」是用來表示自己的慾望、希望、想要什麼東西。也可以用「名詞1數量と名詞2數量ください」（省略を），這是比較口語的講法。

例/

りんごを　みっつと　みかんを　いつつ　ください。
名詞1　　　數量　　　名詞2　　　數量

請給我蘋果3顆**和**橘子5顆。

（口語）
りんご　みっつと　みかん　いつつ　ください。

請給我蘋果3顆**和**橘子5顆。

另外，數量詞雖為名詞性質，但也可視為副詞用來修飾動詞，此時後面不需要接助詞。

例/

りんご　みっつを　ください。→りんごを　みっつ　ください。
名詞　　　數量　　　　　　　　　　りんご　みっつ　ください。（口）

請給我3顆蘋果。

C. 複誦

　　指的是當沒有完整聽到對方講話的內容時，只複誦聽到的部分；沒聽到的地方選擇沉默，藉以暗示並希望對方能夠再重複一次。複誦時句尾音調需上揚。

例

客：すみません。みかんを　5つと　スターフルーツを　2つ　ください。

店員：みかんを　5つと　スターフルーツを↗……。

客：2つ　お願いします。

客人：不好意思。請給我橘子5顆和楊桃2顆。

店員：橘子5顆跟楊桃↗……。

客人：2顆，麻煩你了。

D. 「全部で」（總共）

　　數量詞＋「で」用來表示總計、合計的數字。

例

みかんは　5つで　300円です。　5顆橘子總共300日圓。

全部で、1000円です。　全部共1000日圓。

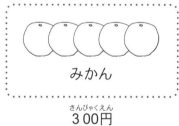

みかん

300円

　　但像是「1つ」（1個）之類的

最小單位量詞則不需要「で」。

例

✕みかんは　1つで　80円です。　橘子1顆總共80日圓。

○みかんは　1つ　80円です。　橘子1顆80日圓。

りんご

桃

梨

1000円

Part 1 會話

 生詞

▶ MP3-44

_{か ぐ}
家具：
家具：

| _{い す}**椅子**
椅子 | _{つくえ}**机**
桌子 | _{ほんだな}**本棚**
書架 | **ソファ**
沙發 |

_{しょせき} _{ぶんぼう ぐ}
書籍・文房具：
書籍、文具：

| _{じ しょ}**辞書**
字典 | _{しんぶん}**新聞**
報紙 | **ノート**
筆記本 | _{て ちょう}**手帳**
記事本 |

_{い りょうひん}
衣料品：
衣物：

| **ワイシャツ**
襯衫 | **Tシャツ**
T恤 | **ズボン**
褲子 |  |
| **ネクタイ**
領帶 | _{くつした}**靴下**
襪子 | **ベルト**
皮帶 | |

_{しょくりょうひん}
食料品：
食品：

| _{くだもの}**果物**
水果 | **パン**
麵包 | **チーズ**
起司 | **たまご**
蛋 |

_た
その他：
其他：

| **ラジオ**
收音機 | | **たばこ**
香菸 | |

🎬問題1 買東西（賣場、產地、價格）

請2人1組，先練習以下會話。

會話例

客：すみません。　傘　売り場は　どこですか。

店員：　傘　売り場ですか。　1　階です。

客：　1　階ですね。どうも　ありがとうございます。

客人：不好意思，請問　雨傘　的賣場在哪裡呢？

店員：　雨傘　的賣場嗎？位於　1　樓。

客人：　1　樓嗎？謝謝您。

↓

客：すみません。これは、どこの　傘　ですか。

店員：　韓国の　です。

客：いくらですか。

店員：　1200　円です。

客人：不好意思。請問這個是哪裡的　雨傘　呢？

店員：　韓國的　。

客人：請問多少錢呢？

店員：　1200　日圓。

↓ ↓

客：じゃ、それをください。 店員：はい、ありがとうございます。 客人：那麼，請給我那個。 店員：好的，謝謝惠顧。	客：そうですか……。 　　どうも。 客人：這樣啊……。謝謝。

❀練習 I

請2人1組，分別擔任客人和店員的角色，參考第115頁的會話例，進行2人對話。

❶ A先擔任客人，B擔任店員。

❷ A購買活動表格I中的物品，詢問B各物品的賣場、產地、價格等資訊。

❸ B請參考第118頁的「賣場＆物價資訊I」、「產地資訊I」，並回答A的問題。

❹ A將B的回答，填入活動表格I。

活動表格 I

	例 傘 傘	❶ ペン 筆	❷ 雑誌 雜誌	❸ 時計 時鐘	❹ たばこ 香菸
～階 ～樓	階	階	階	階	階
どこの 哪裡的					
値段 價格	円	円	円	円	円

🎯 練習2

請2人角色互換，參考第115頁的會話例，進行2人對話。

❶ B擔任客人，A擔任店員。

❷ B購買活動表格II中的物品，詢問A各物品的賣場、產地、價格等資訊。

❸ A請參考第119頁的「賣場＆物價資訊II」、「產地資訊II」，並回答B的問題。

❹ B將A的回答，填入活動表格II。

活動表格 II

	❶つくえ 書桌	❷くつ 鞋子	❸ネクタイ 領帶	❹いす 椅子	❺ワイシャツ 襯衫
～階 ～樓	階	階	階	階	階
どこの 哪裡的					
値段 價格	円	円	円	円	円

賣場＆物價資訊Ⅰ

トイレ 廁所		ろっかい 6階
	とけい（5600）電話（18900）カメラ（25000） テレビ（146000）ラジオ（1200）PC（7800）	ごかい 5階
トイレ	本（950）雑誌（580）辞書（3000）新聞（160） ノート（90）手帳（800）ペン（130）	よんかい 4階
		さんがい 3階
トイレ	かばん（6500）かさ（1650）	にかい 2階
	傘（1200）	いっかい 1階
トイレ	ワイン（2000）たばこ（470）	ちか いっかい 地下1階
	駐車場	ちか にかい 地下2階

＊括號內標示的為價格（單位：円）

産地資訊Ⅰ

| かんこく | アメリカ | にほん |

| セイコー | みつびし |

傘：韓國　雜誌：美國　香菸：日本　時鐘：SEIKO（精工）　筆：三菱

賣場＆物價資訊 II

トイレ 廁所	いす（2500）つくえ（6800）本棚（9500） ソファ（15000）	6階 ろっかい
		5階 ごかい
トイレ		4階 よんかい
	ネクタイ（1650）ワイシャツ（4200） ズボン（3400）Tシャツ（1860）くつした（380）	3階 さんがい
トイレ	かばん（6500）かさ（1650）	2階 にかい
	くつ（7500）ベルト（2200）	1階 いっかい
トイレ		地下1階 ちかいっかい
	駐車場 ちゅうしゃじょう	地下2階 ちかにかい

＊括號內標示的為價格（單位：円）

產地資訊 II

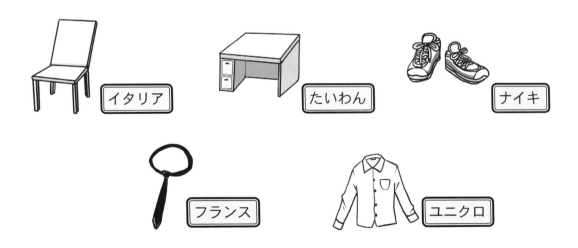

椅子：義大利　書桌：台灣　鞋子：NIKE　領帶：法國　襯衫：UNIQLO

⊛ 問題2 買東西（產地、數量、總金額）

請2人1組，先練習以下對話。

びわ　　　桃
枇杷　　　桃
100円　　150円

例 ①枇杷（びわ）　5つ（いつ）
　　②桃（もも）　2つ（ふた）

　　③アメリカ

　　合計（ごうけい）：800円（えん）

會話例 I

店員（てんいん）：いらっしゃいませ。

客（きゃく）　：あのう　すみません。これは　何（なん）ですか。

店員（てんいん）：これですか。①枇杷（びわ）　ですよ。

客（きゃく）　：①枇杷（びわ）　ですか。どこの　ですか。

店員（てんいん）：③アメリカのです。

客（きゃく）　：へえ。

店員：歡迎光臨。

客人：那個，不好意思。請問這是什麼呢？

店員：這個嗎？是①枇杷喔。

客人：①枇杷嗎？哪裡的呢？

店員：②美國的。

客人：咦……。

會話例2

客　：すみません。

　　　①枇杷を　5つと　②桃を　2つ　ください。

店員：はい、①枇杷を　5つと　②桃を　2つ　ですね。

　　　ありがとう　ございます。ええと、全部で　800円です。

客人：不好意思。

　　　請給我①5個枇杷跟②2顆桃子。

店員：好的。①5個枇杷和②2顆桃子對嗎？

　　　謝謝惠顧。嗯……，全部總共是800日圓。

❀練習I

請2人1組，分別擔任客人和店員的角色，參考第120、121頁的會話例1、2，進行兩人對話。

❶ A先擔任客人，B擔任店員。

❷ A詢問B購買清單I中的物品各是什麼，接著詢問產地、價格等資訊。

❸ B請參考第124頁的「產地＆價格資訊I」回答A的問題。

❹ A將B的回答填入購買清單I。

❺ B記下A購買的物品數量、總金額，完成第124頁的「顧客購物紀錄I」

購買清單 I

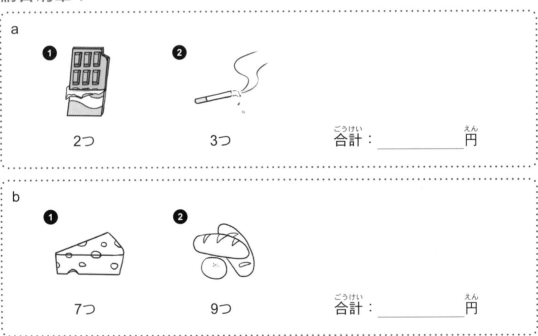

a

❶ 2つ   ❷ 3つ   ごうけい合計：＿＿＿＿＿＿えん円

b

❶ 7つ   ❷ 9つ   ごうけい合計：＿＿＿＿＿＿えん円

🎬 練習2

請2人角色互換，參考第120、121頁的會話例1、2，進行兩人對話。

❶ B擔任客人，A擔任店員。

❷ B詢問A購買清單II中的物品各是什麼，接著詢問產地、價格等資訊。

❸ A請參考第125頁的「產地＆價格資訊II」回答B的問題。

❹ B將A的回答填入購買清單II。

❺ A記下B購買的物品數量、總金額，完成第125頁的「顧客購物紀錄II」

購買清單 II

産地＆價格資訊 I

チーズ
スイス
500円

チョコレート
イタリア
1000円

たばこ
マルボロ MARLBORO
450円

パン
山崎
120円

起司：瑞士　巧克力：義大利　香菸：MARLBORO　麵包：山崎

顧客購物紀錄 I

a

❶

チョコレート

いくつ：＿＿つ

どこの：＿＿＿＿

❷

たばこ

＿＿つ

合計：＿＿＿＿＿＿円

b

❶

チーズ

いくつ：＿＿つ

どこの：＿＿＿＿

❷

パン

＿＿つ

合計：＿＿＿＿＿＿円

産地＆価格資訊 II

トマト
日本（にほん）
100円

ケーキ
フランス
250円

コーヒー
スターバックス
450円

グアバ
花蓮（かれん）
35円

番茄：日本　蛋糕：法國　咖啡：星巴克　芭樂：花蓮

顧客購物紀錄 II

c

❶ トマト

❷ グアバ

いくつ：＿＿つ　　　　＿＿＿＿＿　　　　合計（ごうけい）：＿＿＿＿＿＿＿円（えん）

どこの：＿＿＿＿＿　　＿＿＿＿＿

d

❶ ケーキ

❷ コーヒー

いくつ：＿＿つ　　　　＿＿つ　　　　合計（ごうけい）：＿＿＿＿＿＿＿円（えん）

どこの：＿＿＿＿＿　　＿＿＿＿＿

聽CD一起做會話的練習吧！問題有5題。對於CD所播放的問題，你要怎麼回答呢？試著在下面寫寫看答案吧！

❶ _____

❷ _____

❸ _____

❹ _____

❺ _____

Part 2 聽力

問題1 「〜はどこですか。」（〜在哪裡呢？） ▶ MP3-46

請聽CD，並填寫以下物品所在的樓層。

① かばん	② コンピューター	③ くつ	④ 本^{ほん}	⑤ 服^{ふく}
＿＿階	＿＿階	＿＿階	＿＿階	＿＿階

問題2 「〜はいくらですか。」（〜多少錢呢？）

▶ MP3-47

請將聽到的價格寫出來，並和聽到的產品連成一線。

例 _____75000_____ 円^{えん} ・

① _____ 円^{えん} ・

② _____ 円^{えん} ・

③ _____ 円^{えん} ・

④ _____ 円^{えん} ・

⑤ _____ 円^{えん} ・

🎞 問題3 「どれを買いますか。」（要買哪一個呢？）

▶ MP3-48

從3個之中購買了什麼呢？請將購買的物品打 √。

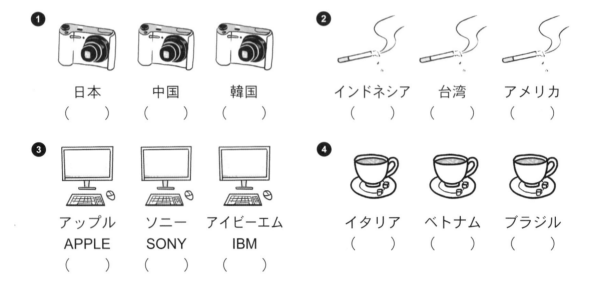

❶ 日本 　中国 　韓国
（　　） （　　） （　　）

❷ インドネシア 　台湾 　アメリカ
（　　） 　　（　　） 　（　　）

❸ アップル 　ソニー 　アイビーエム
　APPLE 　　SONY 　　IBM
（　　） 　（　　） 　（　　）

❹ イタリア 　ベトナム 　ブラジル
（　　） 　（　　） 　（　　）

自己打分數

√ 能夠詢問哪裡有賣自己想要的物品。

√ 能夠詢問想要的物品的詳細資訊（如產地、價錢等）。

√ 能夠表達需要的數量。

☆☆☆☆☆（一顆星20分，滿分100分，請自行塗滿。）

1. デパートフロアーの売^うり場^ば　百貨公司各樓層的賣場

MP3-49

エスカレーター 手扶梯		エレベーター 電梯

家具売^{か ぐ う}り場^ば 家具賣場		電化製品売^{でん か せいひん う}り場^ば 電器製品賣場		トイレ 廁所	6階^{ろっかい}
本売^{ほん う}り場^ば 書店		おもちゃ売^うり場^ば 玩具賣場			5階^{ごかい}
紳士服売^{しん し ふく う}り場^ば 男裝賣場		スポーツ用品売^{ようひん う}り場^ば 運動用品賣場		トイレ	4階^{よんかい}
婦人服売^{ふ じんふく う}り場^ば 女裝賣場		アクセサリー売^うり場^ば 飾品賣場			3階^{さんかい}
かばん売^うり場^ば 包包賣場	店員^{てんいん} 店員	時計売^{と けい う}り場^ば 鐘錶賣場		トイレ	2階^{にかい}
くつ売^うり場^ば 鞋子賣場		化粧品売^{け しょうひん う}り場^ば 化妝品賣場			1階^{いっかい}
受付^{うけつけ} 服務櫃台		食料品売^{しょくりょうひん う}り場^ば 食品賣場		トイレ	地下^{ち か} 1階^{いっかい}
駐車場^{ちゅうしゃじょう} 停車場		駐車場^{ちゅうしゃじょう} 停車場			地下^{ち か} 2階^{にかい}

2. 果物の名前　水果的名稱

りんご
蘋果

みかん
橘子

ライチ
荔枝

メロン
哈密瓜

すいか
西瓜

びわ
枇杷

ぶどう
葡萄

バナナ
香蕉

マンゴー
芒果

パパイヤ
木瓜

さくらんぼ
櫻桃

スターフルーツ
楊桃

梨
梨子

キウイ
奇異果

柿
柿子

苺
草莓

パイナップル
鳳梨

グレープフルーツ
葡萄柚

レモン
檸檬

割前勘定
<small>わり まえ かん じょう</small>

平均分攤

　　這個字彙的起源，據說是由「山東京伝」而來。「山東京伝」是江戶時代的戲作者（通俗小說作者），他對於朋友間餐宴費用的分攤向有堅持，總是將費用除以人數，讓大家平均付費，故當時也稱「京伝勘定」，而「割り勘」為省略用法。

　　日本大多數人都能接受費用均攤，主要原因是日本人認為人與人之間一旦牽扯上了金錢財務，交往關係就會變複雜，故主動避免「請客」與「被請客」，以免造成心理負擔以及可能衍生的財務糾紛。尤其在近代日本社會，女性收入增多，與男性交往時，也多會分攤費用。對日本人而言，為保持良好的人際關係，「平分」是最佳的選擇。

　　相較於日本，台灣卻對「割り勘」有不同角度的看法。台灣人或許會覺得日本人很小氣，因為在台灣人的朋友圈，多由男性或是長者付帳，亦或輪流請客。台灣人表現出的是好面子、重視友誼的觀念，並希望透過請客增進人際關係，這就是文化的差異。

　　看來，在兩國的價值觀裡，都想要保持良好的朋友情誼，即使兩國之間的文化有很多相似之處，但在作法上恰好有所不同，真是非常有趣。

MEMO

りょこう
旅行

旅行

來聊聊有關旅行的
大小事吧！

學習目標

① 能夠表達旅行的時間、地點、交通方式等。

② 能夠表達和誰一同出遊、旅行的目的及趣事。

③ 能夠進行關於旅行的閒聊對話。

生詞 I

▶ MP3-51

① おしょうがつ 4 名	お正月	新年
② こんど 1 名	今度	下次
③ じゅく 1 名	塾	補習班
④ なつやすみ 3 名	夏休み	暑假
⑤ ピアノきょうしつ 名	ピアノ教室　piano（英）	鋼琴班
⑥ ビーチ 1 名	beach（英）	海灘
⑦ やま 2 名	山	山
⑧ れんきゅう 0 名	連休	連假
⑨ いきます 3 動	行きます	去
⑩ これから 4 連語		接著
⑪ だれ 1 疑代	誰	誰
⑫ いっしょに 0	一緒に	一起
⑬ ひとりで 2	一人で	一個人
⑭ いいですね		真好耶
⑮ こんにちは		午安

⑯ 行って きます。
我出門了。

⑰ 行って らっしゃい。
路上小心。

時間的表示、觀光地等請參考P.173、175。

🎞 文型 Ⅰ

● MP3-51

❶ いつ 日本へ 行きますか。
  4月2日に 行きます。
❷ 明日 どこへ 行きますか。
  デパートへ 行きます。
❸ 誰と 台北へ 行きますか。
  友達と 一緒に 行きます。

❶ 什麼時候去日本呢？
  4月2日去。
❷ 明天要去哪裡呢？
  要去百貨公司。
❸ 和誰去台北呢？
  和朋友一起去。

第4課

🎞 情境會話 Ⅰ

● MP3-52

A：今度 日本へ 行きます。

B：ええ、いつですか。

A：来月の 3日です。

B：日本の どこへ 行きますか。

A：北海道です。

B：へえ、いいですね。誰と 行きますか。

A：家族と 一緒に 行きます。

B：そうですか。

A：之後我要去日本。

B：咦？什麼時候呢？

A：下個月的3號。

B：去日本哪裡呢？

A：北海道。

B：咦！真好耶！和誰一起去呢？

A：和家人一起去。

B：這樣啊。

⊛暖身一下 A 日期

試著讀讀看下方的日期吧！答案可參考P.174。

1日	2日	3日	4日	5日
6日	7日	8日	9日	10日
14日	19日	20日		

問問看朋友、同學的生日吧！

⊛暖身一下 B 「～へ行きます」（去～）

用「～へ行きます」（去～）的句型來説看看吧！

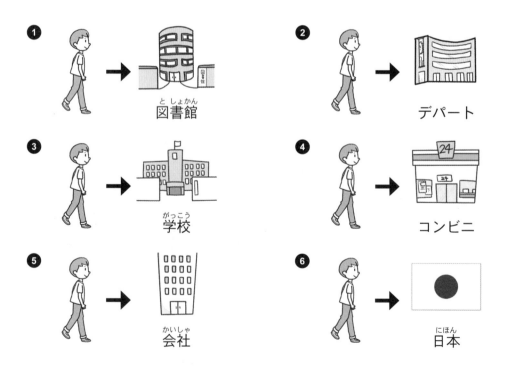

① 図書館（としょかん）

② デパート

③ 学校（がっこう）

④ コンビニ

⑤ 会社（かいしゃ）

⑥ 日本（にほん）

1. 圖書館　2. 百貨公司　3. 學校　4. 便利商店　5. 公司　6. 日本

🎞練習 I 套進去說說看！

A：今度　①日本へ　行きます。
B：ええ、いつですか。
A：②来月の　3日です。
B：いいですね。

A：之後要去①日本。
B：咦？什麼時候呢？
A：②下個月的3號。
B：真好耶！

例

①日本
②来月の3日

❶

①アメリカ
②夏休み

❷

①オーストラリア
②来年の1月

❸

①イギリス
②お正月休み

❹　①高雄
　　②来週

❺　①宜蘭
　　②あさって

❻　①台中
　　②来月

例　①日本 ②下個月的3號

1. ①美國 ②暑假　2. ①澳洲 ②明年1月　3. ①英國 ②新年假期

4. ①高雄 ②下週　5. ①宜蘭 ②後天　　6. ①台中 ②下個月

練習2 套進去說說看！

A：こんにちは。
B：あっ、周さんの　お母さん、こんにちは。
A：これから　どこへ　行きますか。
B：本屋です。
A：そうですか。行って　らっしゃい。
B：行って　きます。

A：午安。
B：啊，周媽媽，午安。
A：現在要去哪裡呢？
B：去書店。
A：是這樣啊。路上小心。
B：那我出發了。

例

本屋

❶
パン屋

❷
ピアノ教室

❸
図書館

❹
コンビニ

❺
塾

例　書店

1. 麵包店　2. 鋼琴班　3. 圖書館　4. 便利商店　5. 補習班

♨ 練習3 套進去說說看！

A：明日　①<u>デパート</u>へ　行きます。

B：①<u>デパート</u>ですか。いいですね。
　　誰と　行きますか。

A：②<u>友達</u>と　一緒に　行きます。

A：我明天要去①<u>百貨公司</u>。

B：①<u>百貨公司</u>啊。真好耶！

　　和誰一起去呢？

A：和②<u>朋友</u>一起去。

例

①デパート
②友達

❶

①香港
②彼氏

❷
①ビーチ
②家族

❸
①山
②同僚

❹

①美術館
②＊1人で
＊請參考P.141。

❺

①遊園地
②彼女

例　①百貨公司 ②朋友

1. ①香港 ②男朋友　2. ①海灘 ②家人　3. ①山 ②同事　4. ①美術館 ②1個人

5. ①遊樂園 ②女朋友

第4課

✿ Point!

A. 疑問詞「いつ」（何時）

在使用「何時」（幾點）、「何月」（幾月）、「何日」（幾日）、「＊何曜日」（星期幾）時，會加上表示時間的助詞「に」，但使用「いつ」時，後面不會加「に」。

＊請參考P.56。

例

○ **何時に** 家へ 帰りますか。 幾點回家呢？

○ **何月に** 日本へ 行きますか。 幾月去日本呢？

✕ いつに 日本へ 行きますか。 什麼時候去日本呢？

○ いつ 日本へ 行きますか。 什麼時候去日本呢？

B. 助詞「へ」（去）

使用「へ」助詞時，必須和「え」發同樣的「e」音，代表「移動方向」的意思。

目的地＋へ＋移動動詞

例

陳さんは 来週 台南へ 行きます。 陳先生下個禮拜要**去**台南。

＊移動動詞：行きます（去）、来ます（來）、帰ります（回～）等。

C. 助詞「と」（和）

表動作、行為的共同進行者或對象、相當於中文的「和～」。

例

陳さんは 林さんと 日本へ 行きます。

陳先生要**和**林先生去日本。

人 と 動詞 ます

但是一個人的時候，只會用「1人で」。

○　林さんと　帰ります。　和林先生回去。

✕　1人でと　帰ります。　1個人跟回去。

○　1人で　帰ります。　1個人回去。

D. 簡易的對話應答

A：日本の　どこへ　行きますか。

B：北海道へ　行きます。＝北海道です。

A：是去日本的哪裡呢？

B：去北海道。＝北海道。

A：誰と　一緒に　行きますか。

B：家族と（一緒に）行きます。＝家族です。

A：跟誰一起去呢？

B：跟家人（一起）去。＝家人。

E. 動詞的現在式

　　日語的文法，只有現在式和過去式，沒有未來式。日語表現「現在式」用「～ます」，未來或現在的習慣，也是同樣使用「現在式」（～ます）來表現。

明日　台北へ　行きます。　明天去台北。

毎日　台北へ　行きます。　每天去台北。

＊這一課要學習的重點是「未來式的表現」和「現在式的肯定表現」，「現在式的否定表現」和「過去式的肯定表現」會在後續單元介紹。

F. 日期的注意事項

　　日期的讀法和第3課教過的數量詞一樣，都屬於和語，1到9日的唸法與數量詞也很相似，但以下幾個地方要特別注意。

① 「2日」、「5日」的唸法：「ふつか」、「いつか」，中間的「つ」是大的「つ」；但是「3日」、「4日」的唸法：「みっか」、「よっか」，中間的「っ」是小的「っ」。

　　大「つ」：「2日（ふつか）」、「5日（いつか）」
　　小「つ」：「3日（みっか）」、「4日（よっか）」

② 「4日」、「8日」的發音很像。

　　「4日」：よっか　促音
　　「8日」：ようか　長音

③ 「20日」的唸法不是「にじゅうにち」，而是「はつか」，請注意這種特別的唸法。

　　「20日」：はつか

④ 「14日」、「24日」也是特別的唸法，發音是「じゅうよっか」、「にじゅうよっか」，這是已經包含了「日」的完整唸法，因此「日」不再額外念作「にち」，這一點請特別注意。

　　「14日」　~~じゅうよんにち~~　　「24日」　~~にじゅうよんにち~~
　　　　　　　~~じゅうよっかにち~~　　　　　　　~~にじゅうよっかにち~~
　　　　　　　じゅうよっか　　　　　　　　　　にじゅうよっか

⑤ 「19」有兩種唸法，但「19日」的唸法只有一種。

　　「19日」　~~じゅうきゅう　にち~~
　　　　　　　じゅうく　にち

第4課（2）

😊生詞 2   ▶ MP3-53

① こじんりょこう 4 名	個人旅行	自助旅行
② とっきゅう 0 名	特急	特快車
③ ツアー 1 名	tour（英）	團體旅遊
④ ひとり 2 名	一人	一人
⑤ ふたり 3 名	二人	兩人
⑥ みんな 3 名		各位
⑦ じゆう 2 な形	自由	自由
⑧ べんり 1 な形	便利	便利、方便
⑨ らく 2 な形	楽	輕鬆
⑩ やすい 2 い形	安い	便宜
⑪ ぐらい 1 副助		大約
⑫ どこか 1 疑代		某地方
⑬ わあ 1 感嘆		哇

交通工具、家族、時間、觀光地等，請參考本書P.170～177。

😊文型 2   ▶ MP3-53

❶ **どこか** 行きますか。

❷ 電車で 台北へ 行きます。

❸ ツアー**ですか**、個人旅行**ですか**。

❹ ツアーです。ツアーは 安いです**から**。

❶ 要去哪裡嗎？

❷ 坐電車去台北。

❸ 跟團嗎？還是自助旅行呢？

❹ 跟團。因為跟團比較便宜。

A：週末は　どこか　行きますか。

B：ええ、花蓮へ　行きます。

A：花蓮ですか。何で　行きますか。

B：電車です。

A：じゃ、台北駅からですか。

B：はい、台北駅から　特急で　行きます。

A：そうですか。ツアーですか、個人旅行ですか。

B：ツアーです。ツアーは　便利ですから。

A：そうですよね。1人　いくらですか。

B：10000元ぐらいです。

A：安いですね。

A：週末要去哪裡嗎？

B：是的，要去花蓮。

A：花蓮呀！要怎麼去呢？

B：坐電車。

A：那麼，是從台北車站嗎？

B：是的，從台北車站坐特快車去。

A：這樣啊！是跟團嗎？還是自助旅行呢？

B：跟團。因為跟團比較方便。

A：也對呢！1個人多少錢呢？

B：差不多10000元。

A：很便宜耶！

❀暖身一下 C 台灣觀光勝地Quiz

下面的單字，是台灣哪裡的觀光勝地呢？請在下面的括號中，填入正確答案的代號吧！

❶ あいが（　　　　）　　　　❷ へいけい（　　　　　）

❸ たろこ（　　　　）　　　　❹ たんすい（　　　　　）

❺ にちげつたん（　　　　）　　❻ きゅうふん（　　　　　）

❼ ようめいざん（　　　　）　　❽ りょくとう（　　　　　）

❾ たいあんこうえん　（　　　　　）

❿ こくりつこきゅうはくぶつかん（　　　　　）

---

1. 日月潭　　2. 九份　　3. 淡水　　4. 平渓　　5. 国立故宮博物館　6. 緑島

7. 愛河　　8. 太魯閣　　9. 大安公園　　10. 陽明山

❀暖身一下 D 「～で～行きます」（搭乗～去～）

用「～で～行きます」（搭乗～去～）說說看以下的句子吧！

❶ 飛行機 → 日本　　❷ バス → デパート　　❸ 電車 → 美術館

❹ タクシー → 病院　　❺ 車 → 銀行　　❻ ＊歩いて → 図書館

---

1. 飛機→日本　　2. 公車→百貨公司　　3. 電車→美術館　　4. 計程車→醫院

5. 汽車→銀行　　6. 走→圖書館

＊請參考P.148。

練習I 套進去說說看！

A：連休は　どこか　行きますか。
B：ええ、①花蓮へ　行きます。
A：わあ、いいですね。何で　行きますか。
B：②電車で　行きます。
A：そうですか。

A：連假有要去哪嗎？
B：有，要去①花蓮。
A：哇！真好耶。怎麼去？
B：坐②電車去。
A：這樣啊！

例
①花蓮
②電車

❶
①日月潭
②車

❷
①九份
②タクシー

❸
①淡水
②地下鉄

❹
①平渓
②電車

❺
①国立故宮博物館
②スクーター

❻
①緑島
②船

❼
①沖縄
②飛行機

❽
①太魯閣
②バス

❾
①大安公園
②＊歩いて

例　①花蓮 ②電車

1. ①日月潭 ②汽車　2. ①九份 ②計程車　　3. ①淡水 ②捷運

4. ①平溪 ②火車　5. ①國立故宮博物館 ②小型機車　6. ①綠島 ②船

7. ①沖繩 ②飛機　8. ①太魯閣 ②公車　　9. ①大安公園 ②走

⊛練習2 套進去說說看！

A：来週　①友達と　台東へ　行きます。

B：いいですね。ツアーですか、個人旅行ですか。

A：②ツアーです。②ツアーは　③便利ですから。

B：④1人　いくらですか。

A：10000元ぐらいです。

A：下週要和①朋友去台東

B：真好耶。②跟團嗎？還是自助旅行？

A：跟團，因為跟團比較③方便。

B：④1個人大約多少錢？

A：差不多10000元。

①友達
②ツアー
③便利
④1人

①家族
②ツアー
③楽
④1人

①＊1人で
②個人旅行
③自由
④1人

①彼女
②ツアー
③便利
④1人

①クラスメート
②個人旅行
③安い
④みんなで

例　①朋友 ②跟團旅遊 ③方便 ④1個人

1. ①和家人 ②跟團旅遊 ③輕鬆 ④1個人　　2. ①1個人 ②自助旅行 ③自由 ④1個人

3. ①和女朋友 ②跟團旅遊 ③方便 ④2個人　　4. ①同學 ②自助旅行 ③便宜 ④大家一起

✺ Point!

A.「疑問詞か：どこか」

「どこか」的「か」是「不確定」的意思、「どこか」表示「不確定的場所、地方」。

例/

週末 **どこか** 行きますか。（不確定有沒有要出去）週末會去哪裡嗎？

週末 **どこへ** 行きますか。（確定會出去，但不確定目的地）週末要去哪裡呢？

「どこか」後面的「へ」可以省略。

例/

○ 週末 **どこかへ** 行きますか。 週末會去哪裡嗎？

○ 週末 **どこか** 行きますか。 週末會去哪裡嗎？

B. 交通工具「で」（搭乘）

當要表現「交通方式」時，會在交通工具這個名詞後面加上助詞「で」，以表示「怎麼」前往，就像中文的「搭乘～」、「乘坐～」。但是，由於「歩く（走路）」不被視為「交通方式」，所以使用時會寫成「歩いて」，後面不加「で」。

例/

○ バスで 公園へ 行きます。 坐公車去公園。

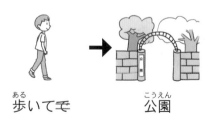
歩いてで　　　公園

✕ 歩いてで 公園へ 行きます。

用走路去公園。

○ 歩いて 公園へ 行きます。

走路去公園。

C. 理由「から」（因為）

「から」能讓兩個句子連起來，表示「理由」的意思。基本上「から」是屬於口語用法。

「例」

便利（べんり）です**から**、ツアーで　行（い）きます。　因為方便，所以跟團去。
　　理由

ツアーで　行（い）きます。便利（べんり）です**から**。　跟團去。因為方便。
　　　　　　　　　　　理由

D.「ぐらい」（大約、左右）

數量詞後加「ぐらい」，表示「大約」、「左右」的意思。

「例」

全部（ぜんぶ）で　10人（じゅうにん）**ぐらい**　行（い）きます。　全部10個人**左右**前往。

1人（ひとり）　10000元（いちまんげん）**ぐらい**　です。　1個人**大約**10000元。

E. 助數詞「人」

1人、2人、4人是屬於比較特殊的唸法，請特別注意。

1人（ひとり）	2人（ふたり）	3人（さんにん）	4人（よにん）	5人（ごにん）
1人	**2人**	3人	**4人**	5人
6人（ろくにん）	7人（しちにん）	8人（はちにん）	9人（きゅうにん）	10人（じゅうにん）
6人	7人	8人	9人	10人

F.「AですかBですか」（是A嗎？還是B呢？）

　　用於2個選項以上的「並列疑問句」，回答通常為A和B二選一。「Aですか↗Bですか↗」中，句中2個「か」發音都要上揚。

例 //

これは、みかん**ですか**。グレープフルーツ**ですか**。
みかんです。

這是橘子**嗎**？**還是**葡萄柚**呢**？
是橘子。

G. な形容詞句型

　　在此出現的形容詞稱作「な形容詞」。「な形容詞」在現在式肯定型中的使用方法和名詞句型一樣，都是「～は（な形容詞）です」。

例 //

ツアーは　便利<ruby>便利<rt>べんり</rt></ruby>**です**。　跟團很方便。
祖父<ruby>祖父<rt>そふ</rt></ruby>は　とても　元気<ruby>元気<rt>げんき</rt></ruby>**です**。　祖父非常有活力。

H.「わあ」（哇）

　　驚訝的時候使用。

例 //

来週<ruby>来週<rt>らいしゅう</rt></ruby>　オーストラリアへ　行<ruby>行<rt>い</rt></ruby>きます。
わあ、いいですね。

下週要去澳洲。
哇！真好啊！

第4課（3）

生詞 3

▶ MP3-55

1	おてら 0 名	お寺	寺廟
2	しか 0 名	鹿	鹿
3	だいぶつ 0 名	大仏	大佛
4	ホテル 1 名	hotel（英）	旅館
5	りょこう 0 名	旅行	旅行
6	うらやましい 5 な形	羨ましい	羨慕
7	ざんねん 3 な形	残念	可惜的
8	たのしみ 3 な形	楽しみ	期待
9	ゆうめい 0 な形	有名	有名
10	ちょっと 1 副		稍微
11	もちろん 2 副		當然
12	ふじさん 名	富士山	富士山

食べ物＆飲み物　食物＆飲料

 カニ
螃蟹

 明太子（めんたいこ）
明太子

 ラーメン
拉麵

 抹茶（まっちゃ）
抹茶

 スイーツ
甜點

 小籠包（しょうろんぽう）
小籠包

 泡盛（あわもり）
泡盛（酒）

第4課

動詞 <ruby>動詞<rt>どうし</rt></ruby>

（プールで）<ruby>泳<rt>およ</rt></ruby>ぎます
（在游泳池）游泳

（<ruby>山<rt>やま</rt></ruby>に）<ruby>登<rt>のぼ</rt></ruby>ります
爬（山）

（<ruby>温泉<rt>おんせん</rt></ruby>に）<ruby>入<rt>はい</rt></ruby>ります
泡（溫泉）

（<ruby>写真<rt>しゃしん</rt></ruby>を）<ruby>撮<rt>と</rt></ruby>ります
拍（照）

<ruby>見<rt>み</rt></ruby>ます
看

<ruby>買<rt>か</rt></ruby>います
買

<ruby>食<rt>た</rt></ruby>べます
吃

<ruby>飲<rt>の</rt></ruby>みます
喝

します
做

ドライブ（をします）
開車兜風

スキー（をします）
滑雪

<ruby>勉強<rt>べんきょう</rt></ruby>（をします）
用功

日本地名、觀光地請參考P.176。

⚙文型 3

▶ MP3-55

1 お<ruby>寺<rt>てら</rt></ruby>を <ruby>見<rt>み</rt></ruby>ます。

2 <ruby>京都<rt>きょうと</rt></ruby>で <ruby>何<rt>なに</rt></ruby>を しますか。

3 <ruby>金閣寺<rt>きんかくじ</rt></ruby>や <ruby>清水寺<rt>きよみずでら</rt></ruby>を <ruby>見<rt>み</rt></ruby>ます。

5 <ruby>奈良<rt>なら</rt></ruby>へも <ruby>行<rt>い</rt></ruby>きます。

6 <ruby>京都<rt>きょうと</rt></ruby>へ お<ruby>寺<rt>てら</rt></ruby>を <ruby>見<rt>み</rt></ruby>に <ruby>行<rt>い</rt></ruby>きます。

1 看寺廟。

2 在京都做什麼呢？

3 看金閣寺或清水寺。

4 也要去奈良。

5 去京都看寺廟。

A ：張さん、来月の　旅行、いいですね。

　　日本の　どこへ　行きますか。

張：大阪へ　行きます。それから、京都へ　行きます。

A ：京都ですか。京都で　何を　しますか。

張：金閣寺や　清水寺を　見ます。

　　それから、抹茶の　スイーツを　食べます。

A ：わあ、いいですね。奈良へも　行きますか。

張：ええ、もちろん。東大寺を　見に　行きます。

　　奈良の　大仏は　有名ですから。

A ：うらやましいですね。

張：ええ、楽しみです。

A：張先生，下個月要去旅遊真好呢！要去日本的哪裡呢？

張：去大阪。然後，去京都。

A：去京都啊。在京都做什麼呢？

張：去看金閣寺或清水寺。然後，吃抹茶甜點。

A：哇！真好呢！那也會去奈良嗎？

張：嗯！當然。要去看東大寺。因為奈良的大佛很有名。

A：真令人羨慕呢。

張：對啊，真期待。

❀ 暖身一下 E 日本觀光勝地Quiz

下面的單字是日本哪裡的觀光勝地呢？請在下面的圓圈中填入正確答案的代號吧！
日本全圖可參考P.177。

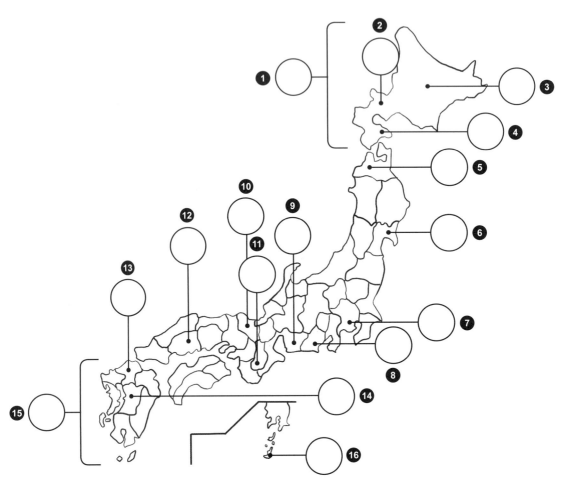

①奈良 なら	②北海道 ほっかいどう	③九州 きゅうしゅう	④沖縄 おきなわ	⑤東京 とうきょう	⑥京都 きょうと
⑦福岡 ふくおか	⑧富良野 ふらの	⑨広島 ひろしま	⑩青森 あおもり	⑪函館 はこだて	⑫札幌 さっぽろ
⑬熊本 くまもと	⑭静岡 しずおか	⑮仙台 せんだい	⑯名古屋 なごや		

✺練習1 套進去說說看！

A：①京都で　何を　しますか。　　　　　　A：在①京都做什麼呢？

B：②金閣寺や　清水寺を　見ます。　　　　B：②看金閣寺或清水寺。

　　それから、③抹茶の　スイーツを　食べます。　　　　然後，③吃抹茶甜點。

例
①京都
②金閣寺や清水寺を見ます
③抹茶のスイーツを食べます

❶
①北海道
②スキーや買い物をします
③カニを食べます

❷
①九州
②ラーメンや明太子を食べます
③温泉に入ります

❸
①沖縄
②海やホテルのプールで泳ぎます
③泡盛を飲みます

❹
①東京
②ディズニーランドや鎌倉へ行きます
③親戚に会います

❺
①奈良
②鹿や大仏を見ます
③お寺の写真を撮ります

例　①京都 ②看金閣寺或清水寺 ③吃抹茶甜點

1. ①北海道 ②滑雪或買東西 ③吃螃蟹　　　2. ①九州 ②吃拉麵或明太子 ③泡溫泉

3. ①沖繩 ②在海或飯店的泳池游泳 ③喝泡盛　4. ①東京 ②去迪士尼樂園或鎌倉 ③見親戚

5. ①奈良 ②看鹿或大佛 ③拍寺廟的照片

✿ 練習2 套進去說說看！

A：来週　①大阪へ　行きます。

B：①大阪ですか。

　　じゃあ、②神戸へも　行きますか。

A：ええ、もちろん。

A：下個禮拜要去①大阪。

B：①大阪嗎？

　　那麼，也會去②神戸嗎？

A：嗯，當然！

例　①大阪
　　②神戸

❶ ①京都
　　②奈良

❷ ①福岡
　　②熊本

❸ ①富良野
　　②札幌

❹ ①仙台
　　②青森

❺ ①名古屋
　　②静岡

✿ 練習3 套進去說說看！

A：①奈良へ　何を　しに　行きますか。

B：②東大寺を　見に　行きます。

A：去①奈良做什麼呢？

B：去②看東大寺。

例　①奈良
　　②東大寺を見ます

❶ ①広島
　　②原爆ドームを見ます

❷ ①富士山
　　②山に登ります

❸ ①原宿
　　②買い物をします

❹ ①陽明山
　　②温泉に入ります

❺ ①台北
　　②小籠包を食べます

例　①奈良 ②看東大寺

1. ①廣島 ②原子彈爆炸遺址　　2. ①富士山 ②爬山　　3. ①原宿 ②買東西

4. ①陽明山 ②泡溫泉　　5. ①台北 ②吃小籠包

⚛ Point!

A.「名詞＋を＋動詞」：他動詞

在這裡的動詞稱作「他動詞」。使用方法：「名詞＋を＋他動詞」。「～ます」表示動詞的現在式肯定型。這裡的助詞「を」表示「他動詞的直接受詞」，發音和「お」相同，發「o」音。

例

お酒<small>さけ</small>を　飲<small>の</small>みます。 喝酒。

ラーメンを　食<small>た</small>べます。 吃拉麵。

B. 助詞「で」（在）：動作的場所

「場所名詞＋で＋動作性動詞」，用來表示動作發生的場所。

例

レストランで　ご飯<small>はん</small>を　食<small>た</small>べます。 在餐廳吃飯。

SOGOで　服<small>ふく</small>を　買<small>か</small>います。 在SOGO買衣服。

C. 助詞「も」：也～

「も」和中文的「也」是同樣意思。以下的變化請特別注意。

例

ビールを　飲<small>の</small>みます。

→ビールも　飲<small>の</small>みます。 也喝啤酒。

例

夜<small>よる</small>、勉強<small>べんきょう</small>します。

→夜<small>よる</small>も　勉強<small>べんきょう</small>します。 晚上也讀書。

若是上述以外的助詞＋「も」，則變化如下：

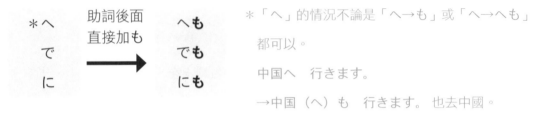

＊「へ」的情況不論是「へ→も」或「へ→へも」
　都可以。
中国へ　行きます。
→中国（へ）も　行きます。 也去中國。

例

ここに　あります。

→ここにも　あります。 在這裡也有。

D. 助詞「に」：移動的目的

在「場所＋へ＋目的動詞或目的名詞＋に＋移動動詞」的使用型態中，助詞「に」用來表示移動的目的。

①目的動詞

使用時，要先去掉移動動詞「～ます」的「ます」，再加上表示移動目的的助詞「に」。

例

陳さんは 台北（たいぺい） へ お茶を買い（ちゃ　か） に 行きます（い）。 陳先生為了買茶去台北。
　　　　　 場所　　　　　　 目的　　　　　　 移動動詞
　　　　　　　　　　（お茶を買い（ちゃ　か）ます）

②目的名詞

含有動作意義的名詞後面，可以直接接續「に」。

例

田中（た　なか）さんは 台湾（たいわん） へ 中国語の勉強（ちゅうごくご　べんきょう） に 来ます（き）。 田中先生為了學中文而來台灣。
　　　　　　　　　場所　　　　　目的　　　　　　　　　移動動詞

E.「A。それから、B。」（A。然後，B。）

這個句型表示，在A動作之後接著進行B動作。

例

<ruby>大阪<rt>おおさか</rt></ruby>へ　<ruby>行<rt>い</rt></ruby>きます。**それから**、<ruby>京都<rt>きょうと</rt></ruby>へ　<ruby>行<rt>い</rt></ruby>きます。

去大阪。**然後**，去京都。

<ruby>ご飯<rt>はん</rt></ruby>を　<ruby>食<rt>た</rt></ruby>べます。**それから**、<ruby>映画<rt>えいが</rt></ruby>を　<ruby>見<rt>み</rt></ruby>ます。

吃飯。**然後**，去看電影。

F.「ええ」（是的）

表示肯定的「はい」一詞的口語形式。

これは、
<ruby>陳<rt>ちん</rt></ruby>さんの　かばんですか。

這是陳先生的包包嗎？

ええ、
そうですよ。

是的，沒錯哦！

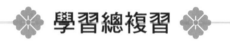

 會話

問題1 日本和台灣的各項活動和紀念日

請2人1組，先練習以下的會話。

會話例

A：すみません　元日（がんじつ）は　何月何日（なんがつなんにち）ですか。

B：1月1日（いちがつついたち）ですよ。

A：そうですか。どうも。

A：不好意思，請問元旦是幾月幾號呢？

B：1月1號喔！

A：是這樣啊。謝謝。

練習 I

請2人1組，分別擔任A和B的角色，參考第160頁的會話例，進行2人對話。

1 請A詢問B，活動表格I中日本各項慶典和紀念日的日期。

2 請B參考第163頁的圖表I「日本的慶典和紀念日」，回答A的問題。

3 請A在活動表格I寫下聽到的答案。

活動表格 I　日本の行事と記念日　日本的慶典和紀念日

1 元日 元旦	例 1月1日
2 節分 立春、立夏、立秋或立冬的前一天	
3 ひな祭り 女兒節	
4 みどりの日 綠化節	
5 憲法記念日 憲法紀念日	
6 こどもの日 兒童節	
7 文化の日 文化日	
8 勤労感謝の日 勤勞感謝日	
9 天皇誕生日 天皇誕生日	

練習2

請2人角色互換，參考第160頁的會話例，進行2人對話。

❶ 請B詢問A，活動表格II中台灣各項慶典和紀念日的日期。

❷ 請A參考第164頁的圖表II「台灣的慶典和紀念日」，回答B的問題。

❸ 請B在活動表格II寫下聽到的答案。

活動表格II 台湾の行事と記念日　台灣的慶典和紀念日

❶ 中華民国開国記念日 中華民國開國紀念日	
❷ 平和記念日 和平紀念日	
❸ 児童節（こどもの日）兒童節	
❹ 清明節 清明節	
❺ 端午の節句 端午節　　　旧暦 農曆	
❻ 中元節 中元節　　　旧暦 農曆	
❼ 中秋節 中秋節　　　旧暦 農曆	
❽ 国慶日（建国記念日）國慶日	

圖表 | 日本の行事と記念日　日本的慶典和紀念日

❶ 元日
元旦

❷ 節分
立春、立夏、立秋或立冬的前一天

❸ ひな祭り
女兒節

❹ みどりの日
綠化節

❺ 憲法記念日
憲法紀念日

❻ こどもの日
兒童節

❼ 文化の日
文化日

❽ 勤労感謝の日
勤労感謝日

❾ 天皇誕生日
天皇誕生日

圖表 II　台湾の行事と記念日　台灣的慶典和紀念日

		1月1日
❶ 中華民国開国記念日 中華民國開國紀念日		1月1日
❷ 平和記念日 和平紀念日		2月28日
❸ 児童節（こどもの日） 兒童節		4月4日
❹ 清明節 清明節		4月5日
❺ 端午の節句 端午節	旧暦　農曆	5月5日
❻ 中元節 中元節	旧暦　農曆	7月1日
❼ 中秋節 中秋節	旧暦　農曆	8月15日
❽ 国慶日（建国記念日） 國慶日		10月10日

❀ 問題2 計畫旅遊行程

生詞

①	スカイツリー ⑥ 名	sky tree（英）	晴空塔
②	ひよう ① 名	費用	費用
③	よいち ① 名	夜市	夜市
④	おいしい ③ い形	美味しい	好吃
⑤	たかい ② い形	高い	高的、貴的
⑥	いつも ① 副		總是

第 4 課

練習１：

2人1組，參考下列問句，討論當天來回的旅遊行程吧！

❶ いつ行きますか。　　　　　　　　什麼時候要去呢？

❷ どこへ行きますか。　　　　　　　要去哪裡呢？

❸ だれと行きますか。　　　　　　　要和誰去呢？

❹ 何で行きますか。　　　　　　　　要怎麼去呢？

❺ そこで何をしますか。　　　　　　在那裡要做什麼呢？

❻ 旅行の費用はいくらぐらいですか。　旅遊的費用大概多少呢？

練習 II：

請和其他組別介紹自己擬定的旅行計畫。下方有範例對話，不過請大家自由練習吧！

會話例

A：　陳　さん、日帰り旅行は　どこへ　行きますか。

B：　高雄　へ　行きます。

A：　高雄　ですか。いいですね。いつ　行きますか。

B：　来月の　3日　です。

A：へえ。何で　行きますか。

B：　電車　です。

A：そうですか。　誰と　行きますか。

B：　家族と　一緒に　行きます。

A：　高雄　で　何を　しますか。

B：　愛河を　見ます。それから、
　夜市へ　おいしいものを　食べに　行きます。

A：旅行の　費用は　1人　いくらですか。

B：　3 000　元ぐらいです。

A：へえ、　安い（高い）　ですね。

A：陳小姐，一日旅行要去哪裡呢？

B：要去高雄。

B：高雄嗎？真好呢！什麼時候去呢？

A：下個月的3號。

A：咦！要怎麼去呢？

B：要坐電車。

B：是這樣啊。要和誰一起去呢？

A：和家人一起去。

B：在高雄要做什麼呢？

A：看愛河。接著，去夜市吃好吃的東西。

B：旅行費用1個人多少錢呢？

A：大約3000元。

B：咦！好便宜（貴）啊！

⊛問題3 回答問題

▶ MP3-58

聽CD，一起做會話的練習吧！問題有5題。對於CD所播放的問題，你要怎麼回答呢？
試著把答案寫在下面吧！

❶ _____

❷ _____

❸ _____

❹ _____

❺ _____

Part 2 聽力

◉ 問題 I
MP3-59

① バーゲン 1 名　　　　　　bargain（英）　　　特賣

◉ 問題 I
MP3-60

請聽CD的內容，並將聽到的答案填入以下的表格。

名前 名字	いつ 什麼時候去	誰と 和誰去	どこへ 去哪裡	何で 怎麼去
❶ 陳				
❷ 洪				
❸ 許				
❹ 山田				
❺ 先生				

❀ 問題2

MP3-61

聽CD，並將答案填入空格中。

動物請參考P.222。

例

すること： 映画を見ます

❶

行く場所：＿＿＿＿＿＿＿＿

すること：①＿＿＿＿＿＿＿

②＿＿＿＿＿＿＿

❷

行く場所：＿＿＿＿＿＿＿＿

すること：＿＿＿＿＿＿＿＿

❸

行く場所：＿＿＿＿＿＿＿＿

すること：①＿＿＿＿＿＿＿

②＿＿＿＿＿＿＿

❹

行く場所：＿＿＿＿＿＿＿＿

すること：＿＿＿＿＿＿＿＿

❺

行く場所：＿＿＿＿＿＿＿＿

すること：＿＿＿＿＿＿＿＿

自己打分數

✓ 能夠表達旅行的時間、地點、交通方式等。

✓ 能夠表達和誰一同出遊、旅行的目的及趣事。

✓ 能夠進行關於旅行的閒聊對話。

☆☆☆☆☆（一顆星20分，滿分100分，請自行塗滿。）

1. 交通手段　交通工具

 MP3-62

車（自動車）
車子

バス
公車

電車
電車

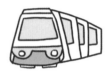

地下鉄
捷運

船
船

自転車
腳踏車

スクーター
小型機車

オートバイ
重型機車

飛行機
飛機

新幹線
新幹線

タクシー
計程車

＊歩いて
步行

＊請參考P.148。

台湾高速鉄道（高鉄）
台灣高速鐵路（高鐵）

2. 家族　家人

かぞく

（沒有括號的，表示對自己家人的稱呼；括號中的，表示對他人家人的稱呼）

家族（ご家族）家人
かぞく　　かぞく

親戚（ご親戚）親戚
しんせき　　しんせき

祖父	祖母	祖父	祖母
そふ	そぼ	そふ	そぼ
（お爺さん）	（お婆さん）	（お爺さん）	（お婆さん）
じい	ばあ	じい	ばあ
爺爺	奶奶	外公	外婆

両親（ご両親）雙親
りょうしん　　りょうしん

叔父	叔母	父	母	叔父	叔母
おじ	おば	ちち	はは	おじ	おば
（叔父さん）	（叔母さん）	（お父さん）	（お母さん）	（叔父さん）	（叔母さん）
おじ	おば	とう	かあ	おじ	おば
伯父、叔父	伯母	爸爸	媽媽	舅舅	舅媽

兄弟（ご兄弟）兄弟姉妹
きょうだい　　きょうだい

兄	姉	弟	妹
あに	あね	おとうと	いもうと
（お兄さん）	（お姉さん）	（弟さん）	（妹さん）
にい	ねえ	おとうと	いもうと
哥哥	姉姉	弟弟	妹妹

夫
（ご主人）

家内・妻
（奥さん）

丈夫

妻子

子供（お子さん）小孩

息子
（息子さん）

娘
（娘さん）

兒子

女兒

其他：

① いとこ 1	従兄弟	表堂兄、弟、姊、妹
② おい 0	甥	外甥子、外甥女
③ かのじょ 1	彼女	女朋友
④ かれし 1	彼氏	男朋友
⑤ クラスメート 4	classmate（英）	同班同學
（どうきゅうせい 3	同級生	同班同學）
⑥ ともだち 0	友達	朋友
⑦ どうりょう 0	同僚	同事
⑧ まご 2	孫	孫子
⑨ めい 0	姪	姪子、姪女

₃. 時間的表示

（ 年、月、星期 ）

おととい	昨日 （きのう）	今日 （きょう）	明日 （あした）	あさって
前天	昨天	今天	明天	後天
先々週 （せんせんしゅう）	先週 （せんしゅう）	今週 （こんしゅう）	来週 （らいしゅう）	再来週 （さらいしゅう）
上上星期	上星期	這星期	下星期	下下星期
先々月 （せんせんげつ）	先月 （せんげつ）	今月 （こんげつ）	来月 （らいげつ）	再来月 （さらいげつ）
上上個月	上個月	這個月	下個月	下下個月
おととし	去年 （きょねん）	今年 （ことし）	来年 （らいねん）	再来年 （さらいねん）
前年	去年	今年	明年	後年

第4課

（ 月 ）

1月	いちがつ	7月	しちがつ / なながつ
2月	にがつ	8月	はちがつ
3月	さんがつ	9月	**くがつ**
4月	**しがつ**	10月	じゅうがつ
5月	ごがつ	11月	じゅういちがつ
6月	ろくがつ	12月	じゅうにがつ

（日）

1日	ついたち	11日	じゅういちにち	21日	にじゅういちにち
2日	ふつか	12日	じゅうににち	22日	にじゅうににち
3日	みっか	13日	じゅうさんにち	23日	にじゅうさんにち
4日	よっか	14日	じゅうよっか	24日	にじゅうよっか
5日	いつか	15日	じゅうごにち	25日	にじゅうごにち
6日	むいか	16日	じゅうろくにち	26日	にじゅうろくにち
7日	なのか	17日	じゅうしちにち	27日	にじゅうしちにち
8日	ようか	18日	じゅうはちにち	28日	にじゅうはちにち
9日	ここのか	19日	じゅうくにち	29日	にじゅうくにち
10日	とおか	20日	はつか	30日	さんじゅうにち
				31日	さんじゅういちにち

4. 観光地（台湾）　觀光勝地（台灣）　▶ MP3-65

北部

台北101	たいぺい１０１	九份	きゅうふん
烏来	ウーライ	礁渓	しょうけい
北投	ぺいとう	野柳	やりゅう
陽明山	ようめいざん	龍山寺	りゅうざんじ
大安公園	たいあんこうえん	平渓	へいけい
国立故宮博物館	こくりつこきゅうはくぶつかん	淡水	たんすい
基隆	きいるん	中正記念堂	ちゅうせいきねんどう
忠烈祠	ちゅうれつし	総統府	そうとうふ
西門町	せいもんちょう	士林夜市	しりんよいち
饒河街夜市	しょうががいよいち	鶯歌	おうか

中部

日月潭	にちげつたん	九族村	きゅうぞくむら
埔里	ほり	鹿港	ろっこう
宝覚寺	ほうかくじ	谷関温泉	こくかんおんせん
逢甲夜市	ほうこうよいち		

東部

緑島	りょくとう	知本温泉	ちぼんおんせん
太魯閣峡谷	たろこきょうこく	阿美文化村	あみぶんかむら

南部

阿里山	ありさん	愛河	あいが
六合夜市	ろくごうよいち	蓮池潭	れんちたん
赤崁楼	せきかんろう	孔子廟	こうしびょう
恒春	こうしゅん	墾丁国家公園	こうていこっかこうえん

第4課

5. 観光地（日本）　觀光勝地（日本）　▶ MP3-66

外国人に人気の観光地　對外國人來說人氣的日本觀光地

❶ 広島平和記念資料館（広島県）
❷ 伏見稲荷大社（京都府）
❸ 東大寺（奈良県）
❹ 厳島神社（広島県）
❺ 金閣寺（京都府）
❻ 清水寺（京都府）
❼ 地獄谷野猿公苑（長野県）
❽ 新宿御苑（東京都）
❾ 新勝寺（成田山）（千葉県）
❿ 築地場外市場（東京都）

日本の世界遺産　日本的世界遺產

❶ 屋久島（鹿児島県）
❷ 知床（北海道）
❸ 白神山地（青森県・秋田県）
❹ 琉球王国のグスク及び関連遺産群（沖縄県）
❺ 白川郷・五箇山の合掌造り集落（富山県・岐阜県）
❻ 厳島神社（広島県）
❼ 法隆寺地域の仏教建造物（奈良県）
❽ 原爆ドーム（広島県）
❾ 古都京都の文化財（京都府）
❿ 紀伊山地の霊場と参詣道（和歌山県）

6. 日本地図＆都道府県　日本地圖＆都道府縣　▶ MP3-67

北海道

東北	:	青森	秋田	岩手	山形	宮城	福島		
関東	:	栃木	茨城	群馬	埼玉	東京	千葉	神奈川	
中部	:	新潟	富山	石川	長野	岐阜	愛知	静岡	福井	山梨
近畿	:	三重	滋賀	京都	奈良	大阪	和歌山	兵庫	
山陰山陽	:	鳥取	岡山	広島	島根	山口			
四国	:	愛媛	香川	徳島	高知				
九州	:	福岡	大分	宮崎	熊本	鹿児島	佐賀	長崎	沖縄

日本地圖

北海道

青森

秋田　岩手

山形　宮城

滋賀　石川

新潟　福島

富山　群馬　栃木

長野　埼玉　茨城

福井　岐阜　東京

鳥取　京都　愛知　千葉

島根　岡山　兵庫　静岡　神奈川

広島　山口　香川　大阪　奈良　山梨

佐賀　愛媛　徳島　和歌山

福岡　大分　高知　三重

長崎　熊本　宮崎

鹿児島

沖縄

©2015 Royal Orchid International Co., Ltd.

— 177 —

第4課

日本人の和の道──相槌

日本人的和氣之道──適時回應

　　在日本國民的習性中，有所謂的「相槌」。「相槌」的原意為打鐵時兩人配合搥打，中文則為幫腔、附和之意，指的是與人對話時，有認真在聽、或同意對方所言。例如日本人在交談時，非正式場合常會一邊聽一邊使用「はい」（是）、「ええ」（嗯）、「へえ」（咦）來附和；而正式場合則會用「なるほど」（原來如此）、「その通りです」（就像您說的）等各種應聲詞回應，並一邊點頭。

　　日本人之間的對話，聽話者適時地回應發言者，能讓發言者感覺別人願意聆聽自己說話，而有安心、被尊重的感覺，進而讓對話能順利進行。至於英語系國家的人們在對話時，聽話者大多不會答腔，而是習慣靜靜聆聽，儘管是文化差異，但是日本人遇到這樣的情況時卻感到恐懼、不安，因為不知道對方心裡在想什麼、是否了解自己在說什麼，尤其在無法看見對方表情的電話談話時情況更甚。在鄰近日本的台灣，傳統上在別人說話的時候插嘴是不禮貌的行為，或是有拍馬屁之嫌，所以台灣人比較不習慣使用應聲詞、或容易用在錯誤的地方。

　　日本人被認為是附和次數最為頻繁的一個民族。這表現出日本人追求和諧的人際關係，是日本民族「和」的特性。

嗜好・特技
しこう・とくぎ

嗜好・專長

讓我們一起來練習
兩個人的對話吧！

學習目標

① 能夠談論自己的喜好與專長的拿手程度。

② 能夠說明自己為何喜歡及討厭。

③ 能夠閒聊自己的習慣與近況。

第5課（1）

 生詞 I　　　　　　　　　　　　　　　　　　　　▶ MP3-68

①	うた 2 名	歌	歌
②	え 1 名	絵	畫
③	おさけ 0 名	お酒	酒
④	おんがく 1 名	音楽	音樂
⑤	かしゅ 1 名	歌手	歌手
⑥	カロリー 1 名	calorie（英）	卡路里
⑦	きらい 0 な形	嫌い	討厭
⑧	こうつう 0 名	交通	交通
⑨	こえ 1 名	声	聲音
⑩	サッカー 1 名	soccer（英）	足球
⑪	しぜん 0 名	自然	自然
⑫	スープ 1 名	soup（英）	湯
⑬	そざい 0 名	素材	素材
⑭	ダンス 1 名	dance（英）	跳舞
⑮	ないよう 0 名	内容	內容
⑯	にほんご 0 名	日本語	日語
⑰	ねこ 1 名	猫	貓
⑱	ねだん 0 名	値段	價錢
⑲	はなし 3 名	話	話語
⑳	ピアノ 0 名	piano（英）	鋼琴
㉑	へた 2 な形	下手	不擅長
㉒	りょうり 1 名	料理	料理

㉓ じょうず 3 な形　上手　擅長

㉔ すき 2 な形　好き　喜歡

㉕ しおからい 4 い形　塩辛い　鹹的

㉖ いっぱい 0 副　很多

㉗ たとえば 2 副　例えば　例如

㉘ そうですね　這樣啊

更多延伸單字請參考P.218。

形容詞（けいようし）　形容詞

にぎやか 2 ⟷ 静か（しず）1	難しい（むずか）4 ⟷ 簡単（かんたん）0
熱鬧的 / 安靜的	困難的 / 簡單的

にぎやか 2 ⟷ 静（しず）か 1
熱鬧的　　安靜的

親切（しんせつ）1　有名（ゆうめい）0
親切的　　有名的

便利（べんり）1　安全（あんぜん）0
方便的　　安全的

きれい 1　ハンサム 1
漂亮的／乾淨的　英俊的

面白い（おもしろ）4 ⟷ つまらない 3
有趣的　　無趣的

大きい（おお）3 ⟷ 小さい（ちい）3
大的　　小的

いい 1 ⟷ 悪い（わる）2
好的　　壞的

高い（たか）2 ⟷ 安い（やす）2
高的、貴的　便宜的
⇕
低い（ひく）2 ⟷ おいしい 3
低的　　美味的

難しい（むずか）4 ⟷ 簡単（かんたん）0
困難的　　簡單的
⇕
やさしい 3 ⟷ 厳しい（きび）3
溫柔的／容易的　嚴厲的

意地悪（いじわる）2　ケチ 1
壞心眼的　　小氣的

怖い（こわ）2　狭い（せま）2
恐怖的　　狹窄的

忙しい（いそが）4 ⟷ 暇（ひま）0
忙的　　閒暇的

遠い（とお）0 ⟷ 近い（ちか）2
遠的　　近的

長い（なが）2 ⟷ 短い（みじか）3
長的　　短的

多い（おお）1 ⟷ 少ない（すく）3
多的　　少的

🎴 文型 I

❶ 陳さんは　音楽が　好きですか。

❷ わたしは　歌が　上手ではありません。

❸ 彼は　声が　とても　きれいです。

❹ 林さんは　とても　ハンサムです。
　そして、やさしいです。

❶ 陳先生喜歡音樂嗎？

❷ 我不是很會唱歌。

❸ 他的聲音非常好聽。

❹ 林先生非常英俊。
　而且，很溫柔。

🎴 暖身一下 形容詞

用「～は（形容詞）です。」試著造句吧！

例

日本料理　は＿＿高い＿＿です。

日本料理很貴。

日本料理　は＿＿おいしい＿＿です。

日本料理很好吃。

日本料理

❶
先生

❷
日本語

❸
携帯電話

❹
台北１０１

❺
私の国

❻
勉強（仕事）

例　日本料理

1. 老師　2. 日語　3. 手機　4. 台北101　5. 我的國家　6. 課業（工作）

学生A：真理さんは　音楽が　好きですか。

真理　：ええ、とても　好きですよ。

学生A：例えば、どんな　音楽が　好きですか。

真理　：えっと、J－POPですね。

学生A：K－POPは？わたしは　東方神起が　好きです。

真理　：んん、東方神起は　有名ですが、ちょっと　古いですね。

学生A：じゃ、J-POPで　どの　歌手が　好きですか。

真理　：平井堅が　好きです。彼は　声が　とても　きれいです。

　　　　そして、歌が　上手ですよ。

第5課

學生A：真理同學喜歡音樂嗎？

真理　：嗯，非常喜歡喔。

學生A：例如，喜歡什麼樣的音樂呢？

真理　：嗯，日本流行音樂。

學生A：韓國流行音樂呢？我喜歡東方神起。

真理　：嗯，雖然東方神起很有名，不過稍微有點年代了吧。

學生A：那麼，日本流行音樂裡喜歡哪個歌手呢？

真理　：我喜歡平井堅。他的聲音非常動聽。而且，很會唱歌喔。

🏵暖身一下 A

用「好きです」（喜歡）或「好きじゃありません」（討厭）來説説看吧！

（微笑：喜歡；皺眉：討厭）

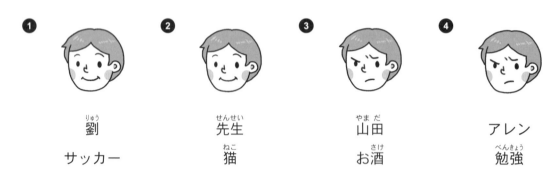

❶ 劉（りゅう）
サッカー

❷ 先生（せんせい）
猫（ねこ）

❸ 山田（やまだ）
お酒（さけ）

❹ アレン
勉強（べんきょう）

1. 足球　2. 貓　3. 酒　4. 學習

🏵暖身一下 B

用「上手です」（擅長）或「上手じゃありません」（不擅長）來説説看吧！

（微笑：擅長；皺眉：不擅長）

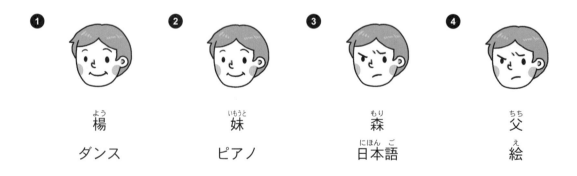

❶ 楊（よう）
ダンス

❷ 妹（いもうと）
ピアノ

❸ 森（もり）
日本語（にほんご）

❹ 父（ちち）
絵（え）

1. 跳舞　2. 鋼琴　3. 日語　4. 圖畫

🎬練習1 套進去說說看！

学生A：陳さんは ①音楽が 好きですか。

陳 ：ええ。

学生A：例えば、どんな ①音楽が 好きですか。

陳 ：②J-POPが 好きです。

學生A：陳小姐喜歡①音樂嗎？

陳 ：嗯。

學生A：例如，喜歡什麼樣的①音樂呢？

陳 ：喜歡②日本流行音樂。

例 ①音楽

②J-POP

❶ ①寿司　　　❷ ①映画　　　❸ ①日本の芸能人　　❹ ①漫画

　②うに　　　　②コメディー　　②嵐　　　　　　　②ワンピース

例　①音樂 ②J-POP

1. ①壽司 ②海膽　2. ①電影 ②喜劇　3. ①日本藝人 ②嵐　4. ①漫畫 ②海賊王

❀ 練習1 Plus

利用前頁的會話，我們一起來練習對話吧！不是以下的主題也可以，請參考主題範例自由的對話吧！

A：陳さんは　音楽が　好きですか。

A：陳先生喜歡音樂嗎？

B：ええ。
A：例えば、
　　どんな音楽が　好きですか。
B：J－POPが好きです。
B：嗯。
A：例如，喜歡什麼樣的音樂呢？
B：喜歡日本流行音樂。

B：いいえ、好きじゃ　ありません。
A：そうですか。
B：不，不喜歡。
A：這樣啊。

テーマ例　主題範例

寿司 壽司	本 書	映画 電影	日本の芸能人 日本藝人
漫画 漫畫	動物 動物	音楽 音樂	日本料理 日本料理
お酒 酒	スポーツ 運動	歌 歌	ジュース 果汁

🎬 練習2 套進去說說看！

わたしは　①<ruby>台湾<rt>たいわん</rt></ruby>が　<ruby>好<rt>す</rt></ruby>きです。

①<ruby>台湾<rt>たいわん</rt></ruby>は　②<ruby>果物<rt>くだもの</rt></ruby>が　③おいしいですから。

我喜歡①台灣。

因為①台灣的②水果③很好吃。

例

①<ruby>台湾<rt>たいわん</rt></ruby>

②<ruby>果物<rt>くだもの</rt></ruby>

③おいしい

❶

①マクドナルド

②カロリー

③<ruby>高<rt>たか</rt></ruby>い

❷

①この<ruby>本<rt>ほん</rt></ruby>

②<ruby>内容<rt>ないよう</rt></ruby>

③<ruby>面白<rt>おもしろ</rt></ruby>い

❸

①ユニクロ

②<ruby>素材<rt>そざい</rt></ruby>

③いい

❹

①<ruby>北海道<rt>ほっかいどう</rt></ruby>

②<ruby>自然<rt>しぜん</rt></ruby>

③いっぱい

❺

①このレストラン

②<ruby>値段<rt>ねだん</rt></ruby>

③<ruby>安<rt>やす</rt></ruby>い

❻

①<ruby>先生<rt>せんせい</rt></ruby>

②<ruby>話<rt>はなし</rt></ruby>

③<ruby>長<rt>なが</rt></ruby>い

❼

①<ruby>日本<rt>にほん</rt></ruby>のラーメン

②スープ

③<ruby>塩辛<rt>しおから</rt></ruby>い

❽

①<ruby>日本語<rt>にほんご</rt></ruby>

②<ruby>文法<rt>ぶんぽう</rt></ruby>

③<ruby>難<rt>むずか</rt></ruby>しい

例　①台灣 ②水果 ③好吃的

1. ①麥當勞 ②卡路里 ③高的　　2. ①這本書 ②內容 ③有趣的　　3. ①UNIQLO ②素材 ③好的

4. ①北海道 ②自然 ③很多　　5. ①這個餐廳 ②價格 ③便宜的　　6. ①老師 ②話語 ③長的

7. ①日本的拉麵 ②湯 ③鹹的　　8. ①日語 ②文法 ③難的

❀ 練習3

利用上面的會話，我們一起來練習對話吧！不是以下的主題也可以，請參考主題範例自由的對話吧！

> 学生A：陳さんは　①林さん　が　好きですか。
>
> 學生A：陳同學喜歡①林同學嗎？

> 陳：はい、好きです。
>
> ①林さんは
>
> ②ハンサムです。
>
> そして、③親切ですから。
>
> 陳：是的，喜歡。
>
> 因為①林同學②很帥。
>
> 而且，③很親切。

> 陳：いいえ、あまり。
>
> 好きじゃ　ありません。
>
> ①林さんは　②意地悪です。
>
> そして、③ケチですから。
>
> 陳：不，不怎麼喜歡。
>
> 因為①林同學②心眼很壞，
>
> 而且，③很小氣。

❶

①台湾料理
②おいしい
③安い

❷

①張先生
②厳しい
③怖い

❸

①日本
②安全
③交通が便利

❹

①この本
②難しい
③つまらない

1. ①台灣料理 ②美味的 ③便宜的　2. ①張老師 ②嚴厲的 ③恐怖的　3. ①日本 ②安全 ③交通方便

4. ①這本書 ②難的 ③無趣的

🎌 練習4 形容詞

用「〜は　Aです。そして、Bです。」（〜是A。而且，是B。）來說說看吧！

① 富士山
　　　富士山

② 日本語
　　　日語

③ ＿＿＿＿さん
　　　＿＿＿先生／小姐

🎌 Point!

A. 〜は〜が（好き、嫌い、上手、下手）です
（〜喜歡、討厭、擅長、不擅長〜）

　　「好き」（喜歡）、「嫌い」（討厭）、「上手」（擅長）、「下手」（不擅長）
前面的助詞用「が」，而「が」前面的名詞會成為主語。句子的主題則是用助詞「は」
來表示。

例//

父は　寿司**が**　**好き**です。　父親**喜歡**壽司。

娘は　にんじん**が**　**嫌い**です。　女兒**討厭**紅蘿蔔。

姉は　ピアノ**が**　**上手**です。　姊姊**很會**彈鋼琴。

息子は　日本語**が**　**下手**です。　兒子**不太會**日文。

　　再來，「好き」、「嫌い」、「上手」、「下手」都是「な形容詞」，否定形是
「〜では（じゃ）ありません」（じゃ是口語）。這當中需要特別注意的是「嫌い」，
因為它雖然是「な形容詞」，但是很容易跟「い形容詞」混在一起。

B. 副詞「とても、あまり」（非常、不太）

　　表示程度的副詞。「とても」表示程度很高，後面接肯定形；「あまり」表示程度不高，後面接否定形。

陳さんは　料理が　**とても**　上手です。　陳小姐**非常**會做料理。

わたしは　料理が　**あまり**　上手では　ありません。　我不太會做料理。

C. 疑問詞「どんな」（什麼樣的）

　　「どんな」的意思是「什麼樣的」，後面一定接名詞。

どんな＋名詞

A：**どんな**　**お酒**が　好きですか。
　　　　　　名詞

B：ビールが　好きです。

A：喜歡什麼樣的酒呢？

B：喜歡啤酒。

D. 疑問詞「どの」（哪一～）

　　「どの」後面一定要接名詞。還有，「どの」用於有3個以上的選項擇一時，屬於疑問詞。

どの　**方**が　先生ですか。（可選擇的人在3位以上）哪一位是老師呢？
　　名詞

どちらの　**方**が　先生ですか。（可選擇的人在2位以下）哪一位是老師呢？

E. 接續詞「そして」（而且）

用來連接（順接）兩個句子的接續詞，兩個句子是同等程度或是相似的。

例/

兄は　とても　優しいです。　＋　兄は　ハンサムです。

哥哥非常溫柔。　　　　　　　　　哥哥很帥氣。

＝兄は　とても　優しいです。**そして**、ハンサムです。

哥哥非常溫柔。**而且**，很帥氣。

若是相異的情況，則會使用表示逆接的「が」。

例/

台湾料理は　おいしいです。**そして**、安いです。　台灣料理很好吃。**而且**，很便宜。
　　　　　（＋）　　　　　　　　　　（＋）

日本料理は　おいしいです**が**、高いです。　日本料理很好吃，但很貴。
　　　　　（＋）　　　　（－）

F.「名詞Aは　名詞Bが　形容詞　です。」

此句型乃說明名詞A的性質或狀態。名詞A提示整句話的範圍，代表整句話的主題；名詞B則提示部分的範圍，僅是形容詞修飾的狀態或事物的主語而已。

名詞A　は　名詞Bが　形容詞　です。

例/

彼は　声が　とても　きれいです。

他的聲音非常動聽。

🏵 生詞 2　　　　　　　　　　　　　　　　▶ MP3-70

① いえ ② 名　　　　　　　家　　　　　　　家

② かみ ② 名　　　　　　　髪　　　　　　　髮

③ まいにち ① 名　　　　　毎日　　　　　每天

④ （電話を）かけます ③ 動　　　　　　　　　　打（電話）

⑤ きります ③ 動　　　　　切ります　　　切、剪

⑥ でかけます ④ 動　　　　出かけます　　外出

⑦ ゆっくり ③ 副　　　　　　　　　　　　悠閒地

⑧ ところで ③ 接　　　　　　　　　　　　話説回來

> 頻率副詞請參考請參考本書P.199；動作請參考本書P.222。

🏵 文型 2　　　　　　　　　　　　　　　　▶ MP3-70

① わたしは　毎日　運動します。　　　① 我每天運動。

② 日曜日は　たいてい　何を　しますか。　② 星期日大都在做什麼呢？

③ 1週間に　1回、台北へ　行きます。　③ 1個禮拜會去1次台北。

周：日曜日は　いつも　何を　しますか。

陳：そうですねえ。午前は、たいてい　家の　掃除を　します。

　　それから、午後は、友達と　出かけます。

　　でも、ときどき　家で　ゆっくり　しますよ。

周：へえ。ところで、よく　映画を　見ますか。

陳：んん、あまり　見ませんね。1か月に　1回ぐらいですね。

　　周さんは、よく　見ますか。

周：ええ。よく　見ますよ。

陳：1か月に　何回ぐらい　見ますか。

周：4、5回ぐらいですね。

陳：わあ、多いですね。

第
5
課

周：星期日都在做什麼呢？

陳：這個嘛。上午大都打掃家裡。

　　接著，下午和朋友出去。

　　不過，偶爾會在家裡悠閒地度過喔。

周：咦！話說回來，常去看電影嗎？

陳：嗯，不常去看耶。大約1個月1次吧。

　　周同學常看嗎？

周：是的。經常去看喔。

陳：1個月大概看幾次呢？

周：差不多4、5次吧。

陳：哇！好多次呢。

⊕練習Ⅰ 套進去說說看！

A：日曜日（にちようび）は　いつも　何（なに）を　しますか。

B：そうですねえ。午前（ごぜん）は、たいてい　①家（いえ）の　掃除（そうじ）をします。

それから、午後（ごご）は、　②友達（ともだち）と　出（で）かけます。

ときどき　③家（いえ）で　ゆっくり　しますよ。

A：星期日大都在做什麼呢？

B：這個嘛。上午大都①打掃家裡。然後，下午②和朋友出去。

偶爾，會③在家裡悠閒地度過喔。

①家（いえ）の掃除（そうじ）
②友達（ともだち）と出（で）かけます
③家（いえ）でゆっくりします

①教会（きょうかい）へ行（い）きます
②家（いえ）で本（ほん）を読（よ）みます
③映画（えいが）を見（み）ます

❷

①宿題（しゅくだい）をします

②アルバイトをします
③友達（ともだち）に会（あ）います

❸

①洗濯（せんたく）します
②プールで泳（およ）ぎます
③日本語（にほんご）を勉強（べんきょう）します

❹

①買（か）い物（もの）します
②絵（え）を描（か）きます
③山（やま）に登（のぼ）ります

例　①打掃家裡 ②和朋友出去 ③在家裡悠閒地度過

1.①去教會 ②在家讀書 ③看電影　　2.①做功課 ②打工 ③見朋友

3.①洗衣服 ②在游泳池游泳 ③唸日語　4.①買東西 ②畫畫 ③爬山

🎞 練習2

請使用下頁表1的資訊，進行以下的會話，1～7項請參考下面的提示，第8項請自由發揮。並請將收集到的回答填入表1。

A：綾さんは　よく　映画を　見ますか。

A：綾同學常看電影嗎？

B：ええ、よく　見ます。

B：是的，常看。

或

B：ええ、ときどき　見ます。

B：是的，偶爾會看。

B：いいえ、あまり　見ません。

B：不，不怎麼看。

或

B：いいえ、全然　見ません。

B：不，完全不看。

❶ 山に登ります

❷ 料理します

❸ 音楽を聞きます　　❹ 買い物します　　❺ 友達に会います

❻ カラオケへ行きます　　❼ 旅行します　　❽ _____

1. 爬山　2. 做料理　3. 聽音樂　4. 買東西　5. 見朋友　6. 去卡拉OK　7. 旅行

（表 I ）

	さん	さん	さん
1. 山_{やま}に登_{のぼ}ります			
2. 料理_{りょうり}します			
3. 音楽_{おんがく}を聞_ききます			
4. 買_かい物_{もの}します			
5. 友達_{ともだち}に会_あいます			
6. カラオケへ行_いきます			
7. 旅行_{りょこう}します			
8. _____			

1. 爬山　2. 做料理　3. 聽音樂　4. 買東西　5. 見朋友　6. 去卡拉OK　7. 旅行

🎞️ 練習3 套進去說說看！

A：よく ①映画を 見ますか。

B：そうですね。②1か月に ③4、5回ぐらいですね。

A：②1個月大概①看幾次電影呢？

B：差不多③4、5次左右吧。

例

①映画を 見ます
②1か月
③4、5回ぐらい

❶ ①日本へ帰ります
②1年
③2回

❷ ①両親に電話をかけます
②1週間
③3、4回

❸ ①デートします
②2週間
③1回

❹

①友達と食事します
②1か月
③2、3回

❺

①髪を切ります
②2、3か月
③1回

例 ①看電影 ②1個月 ③4、5次左右

1. ①回日本 ②1年 ③2次　　　2. ①打電話給父母 ②1個禮拜 ③3、4次

3. ①約會 ②2個禮拜 ③1次　　　4. ①跟朋友吃飯 ②1個月 ③2、3次

5. ①剪頭髮 ②2、3個月 ③1次

😊 Point!

A. 動詞現在形

日語的現在式表示「未來」與「習慣」。在這課所練習的是與頻率副詞一起使用，表示「習慣」的動詞現在式：「～ます」和「～ません」。

現在肯定形	～ます
現在否定形	～ません

例 //

午前<ruby>ご<rt>ご</rt></ruby>は、たいてい　家<ruby><rt>いえ</rt></ruby>の　掃除<ruby><rt>そうじ</rt></ruby>を　します。　上午大都在打掃家裡。

午後<ruby><rt>ごご</rt></ruby>は、友達<ruby><rt>ともだち</rt></ruby>と　出<ruby><rt>で</rt></ruby>かけます。　下午跟朋友出去。

ときどき、家<ruby><rt>いえ</rt></ruby>で　ゆっくり　します。　偶爾會在家裡悠閒地度過。

B. 主題「は」

主題「は」是表示「説到那個的話……」的意思。

例 //

（わたしは）　午前<ruby><rt>ごぜん</rt></ruby>　家<ruby><rt>いえ</rt></ruby>の　掃除<ruby><rt>そうじ</rt></ruby>を　します。午後<ruby><rt>ごご</rt></ruby>　友達<ruby><rt>ともだち</rt></ruby>と　出<ruby><rt>で</rt></ruby>かけます。

（我）上午打掃家裡。下午和朋友出去。

＝午前<ruby><rt>ごぜん</rt></ruby>は、家<ruby><rt>いえ</rt></ruby>の　掃除<ruby><rt>そうじ</rt></ruby>を　します。午後<ruby><rt>ごご</rt></ruby>は、友達<ruby><rt>ともだち</rt></ruby>と　出<ruby><rt>で</rt></ruby>かけます。

＝上午的話打掃家裡。下午的話和朋友出去。

午前

午後

C. 頻率副詞

いつも	たいてい	よく	ときどき	:	あまり	全然（ぜんぜん）
總是	大部分	經常	偶爾		不太	完全不

＋肯定

100% ━━━━━━━━━━━━━━━━━━━━━━━━━ ー否定 0%

> 例

陳（ちん）さんは **よく** 映画（えいが）を 見（み）ますか。

陳先生**常**去看電影嗎？

週末（しゅうまつ）は **たいてい** 家（いえ）の 掃除（そうじ）を します。

週末**大都**在打掃家裡。

日曜日（にちようび）は **ときどき** 山登（やまのぼ）りを します。

星期天**偶爾**會去爬山。

忙（いそが）しいですから、平日（へいじつ）は **あまり** テレビを 見（み）ません。

因為太忙了，所以平日**不太**看電視。

運動（うんどう）は 苦手（にがて）ですから、**全然**（ぜんぜん） しません。

因為不擅長運動，所以**完全**不做。

D.「そうですねえ」（這個嘛）

使用在「思考被問到的事情」時的表現。「ねえ」的發音要拉長一點。

例//

A：毎日　どのぐらい　携帯電話を　使いますか。

B：そうですねえ。2、3時間ぐらいですね。

A：每天大概使用手機多久呢？

B：這個嘛……。大概2、3個小時左右吧。

E. 期間＋に＋次數

表示平均次數、比例。

例//

1年に　1回　日本へ　帰ります

1年回去日本1次。

F. 逆接「でも」（不過）

和「しかし」（但是）一樣是接續詞（逆接），但「でも」（不過）主要用在會話當中。

例//

これは　おいしいです。でも、ちょっと　味が　薄いです。

這個好吃。不過，味道有點淡。

G. 接續詞「ところで」（話說）

在轉換話題時會使用的接續詞。

例

林　：今日は　天気が　いいですね。

田中：そうですね。

林　：**ところで**、田中さんは　いつ　日本へ　帰りますか。

田中：ええと、あさってです。

林　：今天天氣真棒。

田中：對呀。

林　：**話說**，田中先生什麼時候回去日本啊？

田中：嗯……，後天。

H. 次數

いっかい 1回	にかい 2回	さんかい 3回	よんかい 4回	ごかい 5回
ろっかい 6回	ななかい 7回	はちかい 8回	きゅうかい 9回	じゅっかい 10回

次數範圍

1、2回	いち、に　かい
2、3回	に、さん　かい
3、4回	さん、よん　かい
4、5回	し、ご　かい
5、6回	ご、ろっ　かい
6、7回	ろく、しち　かい
7、8回	しち、はっ　かい
8、9回	はち、きゅう　かい

生詞 3

 MP3-72

① シャワー 1 名	shower（英）	淋浴
② スマートフォン 4 名	smart phone（英）	智慧型手機
③ ちゅうかんしけん 6 名	中間試験	期中考
④ ひるま 3 名	昼間	白天
⑤ よる 1 名	夜	晚上
⑥ あります 3 動		有（存在的概念）
⑦ たいへん 0 副	大変	非常地
⑧ もうすぐ 3 副		馬上
⑨ もちろん 2 副		當然
⑩ どのくらい 1 疑代		大約多久／多長／多少

文型 3

 MP3-72

① 先週の　日曜日は　勉強しましたか。

② いつも　どのくらい　寝ますか。
　　8時間ぐらい　寝ます。

③ 5時間も　勉強しました。

④ 昼間は　勉強しましたが、
　　夜は　全然　しませんでした。

① 上星期日有唸書嗎？

② 通常都睡多久呢？
　　大概睡8小時。

③ 唸了有5個小時。

④ 白天唸書了，
　　不過晚上完全沒唸。

情境會話 3　　　　　　　　　　　　　MP3-73

張：李さん、昨日は　勉強しましたか。

李：ええ、もちろん。5時間も　勉強しましたよ。

　　もうすぐ　中間試験ですからね。

張：へえ、5時間も！すごいですね。

　　わたしは　昨日の　夜　アルバイトが　ありましたから、

　　昼間は　勉強しましたが、夜は　全然　しませんでした。

李：そうですか。アルバイト、大変ですね。

張：李同學，昨天唸書了嗎？

李：嗯，當然有。唸了有5個小時喔！

　　因為快要期中考了嘛。

張：咦，有5個小時！真厲害啊。

　　因為昨天晚上有打工，

　　所以白天雖然唸了書，但是晚上完全沒有唸。

李：這樣啊。打工很辛苦吧。

⚙ 練習1

請使用表2的資訊，進行以下的會話，並將收集到的回答填入表2。

> A：李さん、昨日 勉強しましたか。
>
> A：李同學，昨天唸書了嗎？

> B：はい、勉強しました。
>
> B：有，唸了。

> B：いいえ、勉強しませんでした。
>
> B：不，沒有唸。

（表2）

	さん	さん	さん
❶ テレビを見ます			
❷ 運動します			
❸ 新聞を読みます			
❹ 音楽を聞きます			
❺ コーヒーを飲みます			

1. 看電視　2. 運動　3. 看報紙　4. 聽音樂　5. 喝咖啡

🎬 練習2

請使用表3的資訊，進行以下的會話，並將收集到的回答填入表3。

A：いつも　どのくらい　勉強しますか。 　　A：平常都唸多久的書？

B：そうですね。2時間ぐらい　勉強します。 　B：這個嘛……。大概唸2個小時左右。

A：（附和）‥‥

そうですか。	原來如此啊！
へえ。	原來！
へえ、長いですね。	咦？這麼長呀！
へえ、短いですね。	咦？這麼短啊！
そんなに～ますか。	這麼……啊！
わたしと同じぐらいですね。	和我差不多呢！
等等。	

（表3）

	さん	さん	さん
❶ テレビを見ます			
❷ 寝ます			
❸ 電話で話します			
❹ スマートフォンを使います			
❺ シャワーを浴びます			

1. 看電視　2. 睡覺　3. 用電話聊天　4. 使用智慧型手機　5. 淋浴

⊛ 練習 3

將以下1〜3題以過去式的形態，套進去説説看！

A：①昨日の　夜　アルバイトが　ありましたから、②昼間は　勉強しましたが、
　　③夜は　全然　しませんでした。

B：そうですか。

A：因為①昨天晚上有打工，所以②白天雖然唸了書，但是③晚上完全沒有唸。

B：這樣啊。

例　
　　①昨日の夜アルバイトがありました
　　②昼間・勉強しました
　　③夜・全然しませんでした

❶　
　　①たいてい時間がありません
　　②朝・食べます
　　③昼・食べません

❷　①私の車でパーティーに行きます
　　②友達・お酒を飲みます
　　③私・飲みません

❸　①今日は疲れました
　　②洗濯・します
　　③掃除・しません

例　①昨天晚上打工了 ②白天・唸書了 ③晚上・完全沒有唸書

1. ①大部分沒有時間 ②早上・吃 ③中午・沒吃

2. ①開我的車去參加派對 ②朋友・喝酒 ③我・沒喝

3. ①疲憊 ②洗衣服・做 ③打掃・沒做

⊕ Point!

A. 動詞過去形

過去式使用在「過去的行為」、「過去發生的事情」上。

過去肯定形	～ました
過去否定形	～ませんでした

例

昨日_{きのう} 映画_{えいが}を 見_みに 行き**ました**。　昨天去看了電影。

去年_{きょねん} 初_{はじ}めて 温泉_{おんせん}に 入<sub>はい</sub り**ました**。　去年第一次泡了溫泉。

B.「數量＋も」

關於「數量＋も」，「も」前面的數量通常比較多，以此方式用來表示強調。而且，這是一種主觀的表達方法，是說話者想要表示「數量很多」時的主觀表現。

例

わあ、毎日_{まいにち} 11時間_{じゅういちじかん}**も** 寝_ねますか。すごいですね。

哇！每天睡11個小時啊！真強！

（說話者想要表達，就睡眠時間而言，11個小時很多）

C.「すごいですね」（好厲害喔）

經常使用的一種附和方式，用來表示驚訝。另外，此用法用於對「數量」、「程度」較大、較高的事情（好事、壞事都可以）。

例

A：今回_{こんかい}の テストは 100点_{ひゃくてん}でした。

B：へえ、**すごいですね**。

A：這次的考試拿了100分。

B：咦，**好厲害喔**！

A：明日は　朝　8時から　夜　9時半まで　授業が　あります。

B：えっ！そんなに。**すごいですね。**

A： 明天早上8點到晚上9點半都有課。

B： 咦！這麼多。**好厲害喔！**

D.「名詞　が　あります」（有～）

　　「あります」的前面通常是助詞「が」，表示「有～」的意思。此用法「が」前面的名詞，一定要是沒有生命的東西（樹木、花草例外）。

例

今晩　アルバイト**が　あります。** 今天晚上有打工。

　　如果句子中有「數量詞」或「表示數量的副詞」，就把數量詞或副詞放在「が」與「あります」之間。

例

来週は　試験**が　たくさん　あります。** 下個禮拜有很多考試。

E. 比較「～は～が、～は～」

　　一段話裡只會有一個表示主題的「は」，如果有兩個「は」，則其中一個表示主題，另一個表示其他意思。這邊的「は」是用來表示對比。

例

昼間**は　勉強しましたが、夜は　全然　しませんでした。**

白天有唸書，不過晚上就完全沒唸。

昼

夜

F. 副詞「全然」（完全）

「全然」是頻率副詞，後面接否定形。

全然＋否定形

例

わたしは　テニスが　**全然**　上手では　**ありません**。

我**非常不**擅長打網球。

わたしは　お酒を　**全然**　飲み**ません**。

我**完全不**喝酒。

G.「大変ですね」（很辛苦吧）

在聽到他人不幸時會使用的一種表現。「大変」有著「重大」與「辛苦」兩個意思，這裡是表示後者的「辛苦」。另外，使用「～ね」是希望對方對自己說的話表示贊同、理解。

例

A：宿題が　たくさん　あります。

B：そうなんですか。**大変ですね**。

A：有很多作業。

B：這樣啊。**很累吧**。

H. 助詞的省略

助詞在日常會話中經常會被省略，特別是「は」、「が」、「を」、「へ」這四個助詞。但助詞「で」、「に」、「と」、「まで」、「から」則不會省略，因為省略掉的話，會使句子的意思變得難以理解。

例

そうですか。アルバイト、大変ですね。

　　　　（アルバイト**は**　大変ですね。）

這樣啊。打工很辛苦吧。

學習總複習

Part 1 會話

😶 問題 1 「この人はだれですか。」尋找紙條的主人

❶ 請準備一張紙，不要寫名字，在紙上寫下自己喜歡的事情、嗜好、想做的事等等（可參考記錄例）。

❷ 寫完之後把紙條交給老師，再從老師那任意拿取一張其他人的紙條。

❸ 為了尋找紙條的主人，請訪問其他的學生（參考下頁的會話例1、2）。

❹ 找到紙條的主人之後，將那個人的名字寫在紙條上。

記錄例

名前：＿＿＿＿＿＿＿＿

❶ アメリカの 映画が 好きです。 喜歡美國的電影。

❷ 毎朝 6時半に 起きます。 每天早上6點半起床。

❸ 毎日 ジョギングします。 每天慢跑。

❹ 昨日の 夜 友達と ラーメンを 食べました。 昨天晚上，和朋友吃了拉麵。

❺ テニスが 好きです。 喜歡打網球。

＊其他和自己相關的資訊：喜歡的歌、喜歡的書、喜歡的水果、喜歡的藝人、喜歡的運動、喜歡的電影、休息時常做的事、每天做的事、每天起床的時間、上週末做的事、昨天晚上吃的食物、今天的早餐……。

會話例 1

A：すみません。Aさんは、どんな　映画が　好きですか。

B：アメリカの　映画です。

A：そうですか。じゃ、テニスが　好きですか。

B：はい、好きですよ。

（和紙上的紀錄相符，可以繼續詢問其他相關資訊）

A：不好意思。A同學喜歡哪種電影呢？

B：美國的電影。

A：這樣啊。那麼，喜歡網球嗎？

B：是的，喜歡喔。

會話例 2

A：すみません。Bさんは、どんな　映画が　好きですか。

B：日本の　映画です。

A：そうですか。ありがとう　ございました。

（和紙上的紀錄不符，尋找其他人來問）

A：不好意思。B同學喜歡哪種電影呢？

B：日本的電影。

A：這樣啊。感謝您。

⊛問題2 「誰が一番活発な人？」誰是最活潑的人？

❶ 請先參考頻率副詞的列表，將自己從事表格中10項活動的頻率和對應分數記錄在表格中。

❷ 使用「よく～ますか。」的句型來訪問他人，受訪者請使用下方列出的頻率副詞來回答問題。

❸ 將受訪者的姓名、回答、對應分數記錄在表格中。

❹ 把每個人的分數相加，總分最高的人就是最活潑的人。

頻度の副詞　頻率副詞

いつも	たいてい	よく	ときどき	あまり	全然
じゅってん 10点	はちてん 8点	ろくてん 6点	よんてん 4点	にてん 2点	れいてん 0点

記録表

	自分 自己	＿＿＿さん	＿＿＿さん	＿＿＿さん	＿＿＿さん
❶ スポーツをします 運動					
❷ 料理を作ります 做料理					
❸ 映画を見ます 看電影					
❹ 日本語を勉強します 學習日語					
❺ 新聞を読みます 看報紙					
❻ 掃除をします 打掃					

❼ 音楽を聞きます 聽音樂					
❽ 車を運転します 開車					
❾ 友達に会います 見朋友					
❿ 買い物に行きます 去買東西					
合計点 總分					

✿ 問題 3

對話框中的句子，用日語要怎麼說呢？

①

 陳先生喜歡音樂嗎？

不，不太……。

②

 常做運動嗎？

因為喜歡運動，
所以常做。

③

 平時看電視
大概都看多久呢？

1小時左右。

聴力

生詞

▶ MP3-74

1 おべんとう 0 名	お弁当	便當
2 さいきん 0 名	最近	最近
3 せんぱい 0 名	先輩	前輩
4 がんばります 5 動	頑張ります	努力
5 しります 3 動	知ります	知道
6 テストをする		考試
7 だいじょうぶ 3 な形	大丈夫	沒問題
8 けっこうです	結構です	不用了（禮貌的拒絕方式）
9 さいこうですね	最高ですね	真厲害耶、太棒了

第5課

聆聽對話，完成表4。

（表4）

名前 名字	好き・嫌い／上手・下手 喜歡・討厭／擅長・不擅長	好き・嫌いなもの／上手・下手なこと 喜歡・討厭的事情／擅長・不擅長的事情
例 田中　さん	(好き)・嫌い	運動
❶ 鈴木　さん	好き・嫌い	
❷ 陳　さん	好き・嫌い	
❸ 王　さん	好き・嫌い	
❹ 王　先輩	上手・下手	
❺ 陳さんのお母さん	上手・下手	

聆聽對話，完成表5。

（表5）

名前 なまえ 名字	頻度 ひんど 頻率	何をする なに 做什麼
例 周 しゅう さん	1週間に1回 いっしゅうかん いっかい 1週1次	運動 うんどう 運動
❶ 王 おう さん		
❷ 宋 そう さん		
❸ 簡 かん さん		
❹ 楊 よう さん		
❺ 田中 たなか さん		
❻ 本間先生 ほんませんせい		

第5課

自己打分數

✓ 能夠談論自己的喜好與專長的拿手程度。

✓ 説明為何喜歡及討厭。

✓ 能夠閒聊自己的習慣與近況。

☆☆☆☆☆（一顆星20分，滿分100分，請自行塗滿。）

寿司　壽司

すし

MP3-77

| うに
海膽 | いくら
鮭魚卵 | まぐろ
鮪魚 | トロ
鮪魚腹 | サーモン
鮭魚 |

| 鰻
うなぎ
鰻魚 | 鯖
さば
鯖魚 | ホタテ
干貝 | 鯛
たい
鯛魚 | アナゴ
海鰻 |

| 蟹
かに
螃蟹 | えび
蝦 | 手巻き寿司
てま　ずし
手捲壽司 |

映画　電影

えいが

MP3-78

| アクション
動作 | 犯罪
はんざい
犯罪 | ヤクザ
黑社會 | SF
科幻 | 怪獣
かいじゅう
怪獸 |

| コメディー
喜劇 | サスペンス
懸疑 | 時代
じだい
時代 | ホラー
恐怖 | 探偵
たんてい
偵探 |

| 歴史
れきし
歴史 | 戦争
せんそう
戰爭 | スポーツ
運動 | ノスタルジー
懷舊 | 西部劇
せいぶげき
美國西部劇 |

| ファンタジー
奇幻 | ドキュメント
紀錄 | ミュージカル
歌舞 | 恋愛
れんあい
愛情 |

音楽　音樂 <small>おんがく</small>

▶ MP3-79

| クラシック
古典 | ジャズ
爵士 | オペラ
歌劇 | 童謡
童謡 <small>どうよう</small> | 演歌
演歌 <small>えんか</small> |

| ロック
搖滾 | ラップ
饒舌 | レゲエ
雷鬼 |

| ソウル
靈魂 | ポップ（J-pop K-pop C-pop）
流行 |

第 5 課

漫画　漫畫 <small>まんが</small>

▶ MP3-80

| ワンピース
海賊王 | ナルト
火影忍者 | ドラえもん
哆啦A夢 | ちび丸子 <small>まるこ</small>
櫻桃小丸子 |

| コナン
名偵探柯南 | ケロロ軍曹 <small>ぐんそう</small>
Keroro軍曹 | 花田少年史 <small>はなだしょうねんし</small>
花田少年史 | 幽☆遊☆白書 <small>ゆうゆうはくしょ</small>
幽遊白書 |

| ドラゴンボール
七龍珠 | スラムダンク
灌籃高手 | 北斗の拳 <small>ほくとけん</small>
北斗神拳 | AKIRA
阿基拉 |

| 新世紀エヴァンゲリオン <small>しんせいき</small>
新世紀福音戰士 | るろうに剣心 <small>けんしん</small>
神劍闖江湖 | ガンダム
機動戦士鋼彈 | クレヨンしんちゃん
蠟筆小新 |

| 美少女戦士セーラームーン <small>びしょうじょせんし</small>
美少女戰士 |

宮崎駿のアニメ　宮崎駿的動畫 ▶ MP3-81

となりのトトロ 龍貓	魔女の宅急便 魔女宅急便	天空の城ラピュタ 天空之城
風の谷のナウシカ 風之谷	耳をすませば 心之谷	紅の豚 紅豬

期間　期間 ▶ MP3-81

日 ～天	～週間 ～個星期	～か月 ～個月	～年 ～年
いちにち 1日	**いっしゅうかん** 1週間	**いっかげつ** 1か月	いちねん 1年
ふつか 2日	にしゅうかん 2週間	にかげつ 2か月	にねん 2年
みっか 3日	さんしゅうかん 3週間	さんかげつ 3か月	さんねん 3年
よっか 4日	よんしゅうかん 4週間	**よんかげつ** 4か月	**よねん** 4年
いつか 5日	ごしゅうかん 5週間	ごかげつ 5か月	ごねん 5年
むいか 6日	ろくしゅうかん 6週間	**ろっかげつ・はんとし** 6か月・半年	ろくねん 6年
なのか 7日	ななしゅうかん 7週間	しちかげつ・ななかげつ 7か月	しちねん・ななねん 7年
ようか 8日	はっしゅうかん 8週間	はちかげつ・**はっかげつ** 8か月	はちねん 8年
ここのか 9日	きゅうしゅうかん 9週間	**きゅうかげつ** 9か月	きゅうねん 9年
とおか 10日	**じゅっしゅうかん・ じっしゅうかん** 10週間	**じゅっかげつ・ じっかげつ** 10か月	じゅうねん 10年

スポーツ　運動

MP3-82

野球 （やきゅう） 棒球	相撲 （すもう） 相撲	卓球 （たっきゅう） 桌球	空手 （からて） 空手道

	剣道 （けんどう） 劍道		柔道 （じゅうどう） 柔道

水泳 （すいえい） 游泳	スキー 滑雪	バトミントン 羽毛球	バレーボール 排球

テニス 網球		サッカー 足球	バスケットボール 籃球

テコンドー 跆拳道	スケート 溜冰		

ジョギング 慢跑	ゴルフ 高爾夫		ハンドボール 手球

第5課

動物　動物

犬（いぬ）狗	猫（ねこ）貓	猿（さる）猴子	鳥（とり）鳥	豚（ぶた）豬
熊（くま）熊	象（ぞう）大象	馬（うま）馬
牛（うし）牛	亀（かめ）烏龜	虎（とら）老虎	蛇（へび）蛇	河馬（かば）河馬
リス 松鼠	ウサギ 兔子	パンダ 熊貓	コアラ 無尾熊
トカゲ 蜥蜴	カンガルー 袋鼠	ペンギン 企鵝
キリン 長頸鹿	ゴリラ 猩猩	ライオン 獅子	ハムスター 倉鼠

一日（いちにち）　一天

7：00

起（お）きます 起床	顔（かお）を洗（あら）います 洗臉	歯（は）を磨（みが）きます 刷牙
服（ふく）を着（き）ます 穿衣服	朝（あさ）ごはんを食（た）べます 吃早餐
コーヒーを飲（の）みます 喝咖啡	新聞（しんぶん）を読（よ）みます 看報紙

8：00

バスに乗<ruby>の<rt></rt></ruby>ります
搭公車

学校<ruby>がっこう<rt></rt></ruby>へ行<ruby>い<rt></rt></ruby>きます
去學校

（学校<ruby>がっこう<rt></rt></ruby>で）勉強<ruby>べんきょう<rt></rt></ruby>します
（在學校）讀書

試験<ruby>しけん<rt></rt></ruby>を受<ruby>う<rt></rt></ruby>けます
應考

17：00

家<ruby>うち<rt></rt></ruby>へ帰<ruby>かえ<rt></rt></ruby>ります
回家

ご飯<ruby>はん<rt></rt></ruby>を作<ruby>つく<rt></rt></ruby>ります・料理<ruby>りょうり<rt></rt></ruby>します
煮飯・做料理

19：00

晩<ruby>ばん<rt></rt></ruby>ご飯<ruby>はん<rt></rt></ruby>を食<ruby>た<rt></rt></ruby>べます
吃晚餐

薬<ruby>くすり<rt></rt></ruby>を飲<ruby>の<rt></rt></ruby>みます
吃藥

シャワーを浴<ruby>あ<rt></rt></ruby>びます
淋浴

お風呂<ruby>ふろ<rt></rt></ruby>に入<ruby>はい<rt></rt></ruby>ります
泡澡

テレビを見<ruby>み<rt></rt></ruby>ます
看電視

音楽<ruby>おんがく<rt></rt></ruby>を聞<ruby>き<rt></rt></ruby>きます
聽音樂

21：00

宿題<ruby>しゅくだい<rt></rt></ruby>をします
寫功課

00：00

寝<ruby>ね<rt></rt></ruby>ます
睡覺

第5課

休日　假日

きゅうじつ

🔊 MP3-85

買い物します
買東西

インターネットを使います
使用網路

掃除します
打掃

洗濯します
洗衣服

散歩します
散歩

旅行します
旅行

友達に会います
見朋友

友達と遊びます
跟朋友玩

歌を歌います
唱歌

映画を見ます
看電影

山に登ります
爬山

食事をします
吃飯

おしゃべりします
聊天

アルバイトをします
打工

運動をします
運動

教会へ行きます
去教會

カラオケへ行きます
去唱卡拉OK

デートします
約會

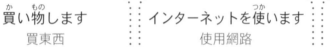

以心伝心──日本人の生活の特徴

以心傳心──日本人的生活特徵

　　日本人的交流文化中，有一項特徵是「以心傳心」。指的是不透過文字或言語就能心靈相通，也就是要求他人必須察言觀色的意思。由於日本島國社會封閉性結構，所以國民的語言背景、世俗風情、生活習慣都較為相同，因此能互相理解彼此對事物的想法。尤其在朝夕相處的夫婦間、或工作夥伴等關係緊密的人之間，「以心傳心」更是存在。

　　日本人在談話時，常不將整句話說完，只說到「が……」，就省略後半句，希望對方有默契，理解自己內心的想法。在商業場合中，若其中一方是精通日語的外國人，則另一方的日本人就可能會進行以心傳心的非語言交流，但這往往讓外國人難以理解。即使精通日語，還是要花上很長時間，才能了解他人隱藏在言語背後、想傳達的文化信息。

　　像日劇中男女朋友互相直接說出愛的狀況，在現實生活中較少見，很多時候都是透過其他方式來表達。此外，朋友間需要幫助時，也常用含糊的暗示，希望對方能夠了解自己內心的想法。「以心傳心」的溝通形式並非日本人的專利，但卻為日本人之間交流的特徵之一。

MEMO

ふ ろく
付録
附錄

第1課　腳本＆解答

學習總複習　聽力　問題 I

腳本：

例　本間：初めまして、日本語教師の　本間です。日本の　北海道から　来ました。
　　　　よろしくお願いします。

本間：初次見面，我是日語教師本間。我來自日本北海道。請多多指教。

❶ 本間　：スミスさん、お国は？

スミス：アメリカです。

本間　：先生ですか。

スミス：いいえ、私は　銀行員です。

本間　：そうですか。ありがとう　ございました。

本間　：史密斯先生，您是從哪個國家來的呢？

史密斯：美國。

本間　：您是老師嗎？

史密斯：不是，我是銀行職員。

本間　：是這樣啊。謝謝。

❷ 本間　：すみません。お名前は？

トニー：トニーです。

本間　：トニーさんも　アメリカ人ですか。

トニー：いいえ、アメリカ人じゃ　ありません。ドイツ人です。

本間　：お仕事は？

トニー：医者です。

本間：不好意思，請問您貴姓大名？

東尼：東尼。

本間：東尼先生也是美國人嗎？

東尼：不，我不是美國人。我是德國人。

本間：您的工作是？

東尼：醫生。

❸ 本間：サムさんは　フランス人ですか。

サム：ピンポン！そうですよ。

本間：やっぱり！サムさんは　学生ですか。

サム：いいえ、会社員ですよ。

本間：メルシー。

本間：山姆先生是法國人嗎？

山姆：答對了！我就是！

本間：果然！山姆先生是學生嗎？

山姆：不是，我是上班族喔。

本間：Merci.（謝謝。）

❹ 本間：お名前は、リョウさん？

劉　：劉ですよ。

本間：あ、ごめんなさいね。劉さんの　お国は？

劉　：中国から　来ました。

本間：では、中国語の　先生ですか。

劉　：違いますよ。歌手です。

本間：へえ！すごいですね。

本間：請問您姓廖嗎？

劉　：我姓劉喔。

本間：啊！對不起。請問劉先生是哪個國家來的呢？

劉　：我是從中國來的。

本間：那麼，您是中文老師嗎？

劉　：不是喔。我是歌手。

本間：咦！很了不起耶。

⑤本間：最後は、ええっと。

キム：キムです。韓国人ですよ。

本間：で、お仕事は？

キム：画家です。

本間：画家ですか。ん～。

本間：最後一位是，那個……。

金　：我姓金。是韓國人喔。

本間：那麼，您的職業是什麼？

金　：畫家。

本間：您是畫家啊。嗯……。

解答：

例 ほんま 本間 にほん 日本 日本 にほんごきょうし 日本語教師 日語教師	❶ スミス 史密斯 アメリカ 美國 ぎんこういん 銀行員 銀行職員	❷ トニー 東尼 ドイツ 德國 いしゃ 医者 醫生
❸ サム 山姆 フランス 法國 かいしゃいん 会社員 上班族	❹ りゅう 劉 劉 ちゅうごく 中国 中國 かしゅ 歌手 歌手	❺ キム 金 かんこく 韓国 韓國 がか 画家 畫家

✤學習總複習　聽力　問題2

▶ MP3-10

脚本＆解答：

❶ 初めまして、（　チョウ　）です。

　（　台湾　）の　板橋　から（　来ました　）。

　どうぞ、（　よろしく　）お願いします。

初次見面，我是（張）。

（來自台灣）的板橋。

請（多多）指教。

❷ 陳：周さん、（ 専門 ）は？

周：（ 経済 ）です。

陳：そうですか。

陳：周先生的（主修）是什麼？

周：是（經濟）。

陳：原來是這樣啊。

❸ 高橋：初めまして、高橋 です。

北海道大学の（ 学生 ）です。よろしく。

山本：山本 です。わたしも 北海道大学の（ 学生 ）です。

（ こちらこそ ）、よろしく。

高橋：初次見面，我是高橋。

北海道大學的（學生）。請多指教。

山本：我是山本。我也是北海道大學的（學生）。

（哪裡哪裡），請多指教。

❹ Ａ：すみませんが、陳さんは （ おいくつ ）ですか。

陳：（ １８歳 ）です。

Ａ：對不起，請問陳同學（貴庚）呢？

陳：（18歲）。

第2課　脚本＆解答

😊暖身一下 連連看！

▶ MP3-17

脚本：

圈起來的數字是：68、76、69、54、55、64、73、82、74、66、33、24、15、

14、13、12、19、28、37、46

解答：

かさ　雨傘

🎬 學習總複習　會話　問題1

活動表格1解答：

名前 名字	電話番号 電話號碼	営業時間 營業時間	休み 休假日
例 元気デパート 元氣百貨公司	02-1246	午前11時〜午後10時 上午11點到晚上10點	水曜日 星期三
❶ 東京図書館 東京圖書館	53-5704	火曜日〜土曜日： 午前10時〜午後6時 日曜日： 午前9時30分〜午後5時 星期二〜星期六： 上午11點〜下午6點 星期日： 上午9點30分〜下午5點	年中無休 全年無休
❷ あさひ病院 旭醫院	248-7812	午前7時〜午後12時 午後4時〜7時 上午7點〜下午12點 下午4點〜7點	日曜日・祝祭日 星期日・節日
❸ 山下美術館 山下美術館	19-8642	午前9時〜午後5時10分 上午9點〜下午5點10分	火曜日 星期二

活動表格 II 解答：

名前 名字	電話番号 電話號碼	営業時間 營業時間	休み 休假日
例 元気デパート 元氣百貨公司	02-1246	午前１１時〜午後10時 上午11點到晚上10點	水曜日 星期三
❶ 三井書店 三井書局	23-1799	午前８時３０分〜午後10時 上午8點30分〜晚上10點	月曜日 星期一
❷ 茶屋　桜 櫻　茶屋	54-2988	午前８時３０分〜午後１２時３０分 上午8點30分〜下午12點30分	年中無休 全年無休
❸ 上野博物館 上野博物館	91-3468	午前9時３０分〜午後5時00分 上午9點30分〜下午5點	火曜日 星期二

🎯 學習總複習　會話　問題2

活動表格 I 解答：

	今の時間 現在的時間	次のバスの時間 下一班公車的時間
❶	12:46	13:05
❷	14:23	15:42
❸	16:57	17:10

活動表格 II 解答：

	今の時間 現在的時間	次のバスの時間 下一班公車的時間
❶	8:15	8:23
❷	9:30	9:48
❸	10:38	10:50

腳本：

❶ すみません、今、何時ですか。

❷ 銀行は、何時から　何時までですか。

❸ 日本語の　授業は、何時に　始まりますか。

❹ あなたの　電話番号は、何番ですか。

❺ 今日は、何曜日ですか。

① 不好意思，請問現在幾點呢？

② 銀行從幾點到幾點呢？

③ 日語課幾點開始呢？

④ 你的電話號碼是幾號呢？

⑤ 今天星期幾呢？

腳本：

例 リーリン：はじめまして、リーリンです。すみません。
　　　　　　今日の　英語の　クラスは　何時からですか。

　B　　　：ええと、今日は、水曜日ですね。英語の　クラスは、
　　　　　　10時から　１１時５０分までですよ。

リーリン：そうですか。ありがとう　ございました。

李齡：初次見面，我叫李齡。不好意思。請問今天的英文課是幾點開始呢？

B　：嗯……，今天是星期三對吧？英文課是從10點到11點50分喔。

李齡：這樣啊。謝謝您。

❶ A：こんにちは。すみません、あのう、会話の　クラスは、
　　　月曜日の　朝10時から　１１時５０分までですか。

　B：そうです。それから、金曜日も　会話の　クラスです。

　A：じゃ、月曜日と　金曜日ですね。何時から　何時までですか。

B：午後　１時から　２時５０分までですよ。

A：そうですか。どうも。

A：你好，不好意思，那個，請問會話課是星期一的早上10點到11點50分嗎？

B：是的。然後，星期五也有會話課。

A：那，是星期一跟星期五對吧？幾點到幾點呢？

B：下午1點到2點50分喔。

A：這樣啊。謝謝。

❷A：あのう。文法の　クラスは、朝10時から　１１時５０分ですよね。
　　すみません、何曜日ですか。

B：ええと、火曜日と　金曜日ですよ。

A：火曜日と　金曜日ですね。ありがとう　ございました。

A：那個……。文法課是從早上10點到11點50分對吧？不好意思，是星期幾呢？

B：嗯……，是星期二和星期五喔。

A：星期二和星期五啊？謝謝您。

❸A　　：先生、聴解の　クラスは、火曜日の　朝８時から　9時５０分までですか。
先生：いいえ、火曜日じゃ　ありません。月曜日ですよ。

A　　：月曜日ですか。分かりました。

A　　：老師，請問聽力課是星期二的早上8點到9點50分嗎？

老師：不，不是星期二。是星期一喔。

A　　：星期一嗎？我知道了。

❹A：もしもし、あのう、すみません。発音の　クラスは、何曜日ですか。

B：発音の　クラスですか。火曜日と　水曜日ですよ。

A：火曜日は　午後　１時から　１時５０分ですよね。

B：そうですよ。

A：じゃ、水曜日は？

B：水曜日は、午後　３時から　３時５０分までです。

A：そうですか。どうも。

A：喂，那個……，不好意思。發音課是星期幾呢？

B：發音課嗎？是星期二跟星期三喔。

A：星期二是下午1點到1點50分吧？

B：是啊。

A：那星期三呢？

B：星期三是下午3點到3點50分。

A：這樣啊。謝謝。

解答：

		月曜日 （げつようび）	火曜日 （かようび）	水曜日 （すいようび）	木曜日 （もくようび）	金曜日 （きんようび）
1時限 （いちじげん）	8:00-8:50	❸聴解 （ちょうかい）			体育 （たいいく）	一般教養 （いっぱんきょうよう）
2時限 （にじげん）	9:00-9:50	聴解 （ちょうかい）			体育 （たいいく）	一般教養 （いっぱんきょうよう）
3時限 （さんじげん）	10:00-10:50	会話 （かいわ）	❷文法 （ぶんぽう）	例英語 （えいご）		文法 （ぶんぽう）
4時限 （よじげん）	11:00-11:50	会話 （かいわ）	文法 （ぶんぽう）	英語 （えいご）		文法 （ぶんぽう）
5時限 （ごじげん）	1:00-1:50		発音 （はつおん）	一般教養 （いっぱんきょうよう）		❶会話 （かいわ）
6時限 （ろくじげん）	2:00-2:50			一般教養 （いっぱんきょうよう）		会話 （かいわ）
7時限 （ななじげん）	3:00-3:50			❹発音 （はつおん）		

🎧 學習總複習　聽力　問題2　　　▶MP3-29

腳本：

❶ 星川（ほしかわ）：警察は　110番（ひゃくじゅうばん）です。

リーリン：警察（けいさつ）？何（なん）ですか。

星川（ほしかわ）：「警察（中文）」ですよ。

星川：警察局的號碼是110。

李齡：警察？是什麼啊？

星川：是「警察」喔。

❷ 星川　　　：それから、消防署は　１１９番です。

リーリン：台湾も　１１９番ですよ。

星川　　　：へえ、そうですか。

星川：然後，消防局的號碼是119。

李齡：台灣也是119喔。

星川：咦！這樣啊。

❸ リーリン：星川さんの　電話番号は　何番ですか。

星川　　　：私の　家の　電話番号は、０３-６７８２です。

リーリン：０３-６７……

星川　　　：６７８２ですよ。

李齡：星川同學家的電話號碼是幾號呢？

星川：我家的電話號碼是03-6782。

李齡：03-67……。

星川：6782喔。

❹ 星川　　　：リーリンさんの　は？

リーリン：０９８２-８６００-１２３４です。

星川：李齡同學呢？

李齡：0982-8600-1234。

❺ リーリン：先生の　携帯電話の　番号は　何番ですか。

星川　　　：ええっと、０９１２-６６５５-３３８１です。

リーリン：０９１２-６６５５-３３８７ですか。

星川　　　：惜しい！０９１２-６６５５-３３８１です。

リーリン：最後は　１ですね。

李齡：老師的手機號碼是幾號呢？

星川：嗯……，是0912-6655-3381。

李齡：是0912-6655-3387嗎？

星川：差一點！是0912-6655-3381。

李齡：最後是1對吧？

解答：

❶ 110　　**❷** 119　　**❸** 03-6782　　**❹** 0982-8600-1234　　**❺** 0912-6655-3381

🎯 學習總複習　聽力　問題3　　▶ MP3-31

腳本：

❶ リーリン　　：すみません。音楽教室は　どこですか。

　　　事務所の人：音楽教室ですか。３０５番ですよ。

　　　リーリン　　：そうですか。どうも。

　　　李齡　　　　：不好意思，請問音樂教室在哪裡呢？

　　　辦公室的人：音樂教室嗎？在305號喔。

　　　李齡　　　　：這樣啊，謝謝。

❷ リーリン　　：事務所は　どこですか。

　　　事務所の人：ええと……１３５番です。

　　　リーリン　　：７３５番ですね。

　　　事務所の人：違いますよ。１３５です。

　　　李齡　　　　：請問辦公室在哪裡呢？

　　　辦公室的人：嗯……在135號喔。

　　　李齡　　　　：735號是嗎？

　　　辦公室的人：不是喔。是135號。

❸ リーリン　　：あのう、コンピューター教室は　どこですか。

　　　事務所の人：ええと、１９９番です。

　　　リーリン　　：ありがとう　ございます。

　　　事務所の人：あっ、ごめんなさい。１９８番です。

　　　李齡　　　　：請問，電腦教室在哪裡呢？

　　　辦公室的人：嗯……，在199號。

　　　李齡　　　　：謝謝您。

　　　辦公室的人：啊，對不起。是198號。

❹ リーリン　　：日本語教室、日本語教室っと……。
事務所の人：日本語教室ですか。

リーリン　　：はい。
事務所の人：２１２番ですよ。

リーリン　　：あっ、どうも。

李齡　　　　：日語教室、日語教室在……。
辦公室的人：日語教室嗎？
李齡　　　　：是的。
辦公室的人：在212號喔。
李齡　　　　：啊，謝謝。

❺ リーリン　　：英語教室は　４５５番ですよね。
事務所の人：英語教室は、４５５では　ありませんよ。

リーリン　　：えっ？違いますか。
事務所の人：４５７番です。

リーリン　　：そうですか。

李齡　　　　：英語教室是455號吧？
辦公室的人：英語教室不是455號喔。
李齡　　　　：咦！不是嗎？
辦公室的人：是457號。
李齡　　　　：這樣啊。

解答：

音楽教室 音樂教室	事務所 辦公室	コンピューター教室 電腦教室	日本語教室 日語教室	英語教室 英語教室
305	135	198	212	457

第3課　脚本＆解答

◉暖身一下 樓層的讀法

〜階	讀法
10階	じゅっかい
9階	きゅうかい
8階	はっかい
7階	ななかい
6階	ろっかい
5階	ごかい
4階	よんかい
3階	さんがい
2階	にかい
1階	いっかい
地下1階	ちかいっかい
地下2階	ちかにかい
地下3階	ちかさんがい

◉暖身一下 水果

例 みかん 橘子	❶ ライチ 荔枝	❷ メロン 哈密瓜	❸ すいか 西瓜
❹ びわ 枇杷	❺ いちご 草莓	❻ ぶどう 葡萄	❼ バナナ 香蕉
❽ マンゴー 芒果	❾ さくらんぼ 櫻桃		

◉學習總複習　會話　問題I

活動表格I解答：

	例 傘 傘	❶ ペン 筆	❷ 雑誌 雑誌	❸ 時計 時鐘	❹ たばこ 香菸
〜階 〜樓	いっかい 1階	よんかい 4階	よんかい 4階	ごかい 5階	ちかいっかい 地下1階
どこの 哪裡的	かんこく 韓国	みつびし 三菱	アメリカ	セイコー	にほん 日本
値段 價格	せんにひゃくえん 1200円	ひゃくさんじゅうえん 130円	ごひゃくはちじゅうえん 580円	ごせんろっぴゃくえん 5600円	よんひゃくななじゅうえん 470円

活動表格 II 解答：

	❶ つくえ 書桌	❷ くつ 鞋子	❸ ネクタイ 領帶	❹ いす 椅子	❺ ワイシャツ 襯衫
～階 ^{かい}～樓	ろっかい 6 階	いっかい 1 階	さんかい 3 階	ろっかい 6 階	さんかい 3 階
どこの 哪裡的	たいわん 台湾	ナイキ	フランス	イタリア	ユニクロ
値段 ^{ね だん}價格	ろくせんはっぴゃくえん 6 800円	ななせんごひゃくえん 7 500円	せんろっぴゃくごじゅうえん 1 650円	にせんごひゃくえん 2 500円	よんせんにひゃくえん 4 200円

⚙ 學習總複習　會話　問題2

購買清單 I

❶ 合計：^{ごうけい} <u>3 350</u> ^{さんぜんさんびゃくごじゅう} 円 ^{えん}　　❷ 合計：^{ごうけい} <u>4 580</u> ^{よんせんごひゃくはちじゅう} 円 ^{えん}

購買清單 II

❶ 合計：^{ごうけい} <u>9 50</u> ^{きゅうひゃくごじゅう} 円 ^{えん}　　❷ 合計：^{ごうけい} <u>3 800</u> ^{さんぜんはっぴゃく} 円 ^{えん}

顧客購物紀錄 I

❶ チョコレート：<u>2つ</u> ^{ふた}　　たばこ：<u>3つ</u> ^{みっ}　　合計：^{ごうけい} <u>3 350</u> ^{さんぜんさんびゃくごじゅう} 円 ^{えん}

❷ チーズ：<u>7つ</u> ^{なな}　　パン：<u>9つ</u> ^{ここの}　　合計：^{ごうけい} <u>4 580</u> ^{よんせんごひゃくはちじゅう} 円 ^{えん}

顧客購物紀錄 II

❶ トマト：<u>6つ</u> ^{むっ}　　グアバ：<u>10</u> ^{とお}　　合計：^{ごうけい} <u>9 50</u> ^{きゅうひゃくごじゅう} 円 ^{えん}

❷ ケーキ：<u>8つ</u> ^{やっ}　　コーヒー：<u>4つ</u> ^{よっ}　　合計：^{ごうけい} <u>3 800</u> ^{さんぜんはっぴゃく} 円 ^{えん}

脚本：

❶ すみません。あなたの　携帯電話は　どこのですか。

❷ それは、いくらですか。

❸ 桃は　1つ　180円です。2つで　いくらですか。

❹ りんごは　1つ　150円です。5つで　いくらですか。

❺ 桃を　2つと　りんごを　5つ　ください。全部で　いくらですか。

❶ 不好意思，請問你的手機是哪裡的呢？

❷ 那個，多少錢呢？

❸ 桃子1顆180日圓。2顆要多少錢呢？

❹ 蘋果1顆150日圓。5顆要多少錢呢？

❺ 請給我2顆桃子和5顆蘋果。全部總共多少錢呢？

脚本：

❶ 店員：いらっしゃいませ。

　　客　：すみません。かばん売り場は　どこですか。

　　店員：2階で　ございます。

　　客　：2階ですか。どうも。

　　店員：歡迎光臨。

　　客人：不好意思。請問包包的賣場在哪裡呢？

　　店員：在2樓。

　　客人：2樓嗎？謝謝。

❷ 客　：あのう、コンピューター売り場は　どこですか。

　　店員：コンピューター売り場ですか。8階です。

　　客　：ありがとう　ございます。

　　客人：那個，請問電腦的賣場在哪裡呢？

　　店員：電腦的賣場嗎？在8樓。

　　客人：謝謝您。

❸ 店員：こんにちは。

　客　：すみません。くつ売り場は……。

　店員：くつ売り場ですか。1階ですよ。

　客　：1階ですね。どうも。

店員：您好！

客人：不好意思。請問鞋子的賣場在……。

店員：鞋子的賣場嗎？在1樓喔。

客人：1樓嗎？謝謝。

❹ 客　：本売り場は　4階ですか。

　店員：いいえ、5階ですよ。

　客　：そうですか。

客人：請問書籍賣場是在4樓嗎？

店員：不是，是在5樓喔。

客人：這樣啊。

❺ 客　：服売り場は　5階ですよね。

　店員：6階で　ございます。

　客　：えっ？8階ですか。

　店員：いいえ、6階で　ございます。

　客　：そうですか。どうも。

客人：衣服賣場是在5樓對吧？

店員：是在6樓。

客人：咦？在8樓嗎？

店員：不是，是在6樓。

客人：這樣啊。謝謝。

解答：

❶ かばん：2階　　❷ コンピューター：8階　　❸ くつ：1階

❹ 本：5階　　❺ 服：6階

❀ 學習總複習　聽力　問題2

腳本：

例 客　：すみません、その　テレビは　いくらですか。

店員：7万5千円です。

客　：そうですか。じゃ、それを　ください。

客人：不好意思，請問那台電視機多少錢呢？

店員：7萬5千日圓。

客人：這樣啊。那麼，請給我那台。

❶ 客　：すみません。その　チョコレートを　1つ　ください。

店員：1つですね。ええと、1つ　340円です。

客人：不好意思。那個巧克力請給我1個。

店員：1個對嗎？嗯……，1個340日圓。

❷ 客　：あの　辞書は　いくらですか。

店員：2800円で　ございます。

客　：どうも。

客人：請問那本字典多少錢呢？

店員：2800日圓。

客人：謝謝。

❸ 客　：これ、いくらですか。

店員：その　カメラは、3万7千円です。

客　：3万……。

店員：3万7千円ですよ。

客人：請問這個多少錢呢？

店員：那台相機是3萬7千日圓。

客人：3萬……。

店員：3萬7千日圓喔！

❹ 客 ：この　ワインは　どこのですか。

店員：イタリアのです。

客 ：いくらですか。

店員：１６00円で　ございます。

客人：請問這瓶葡萄酒是哪裡的呢？

店員：是義大利的。

客人：多少錢呢？

店員：1600日圓。

❺ 店員：いらっしゃいませ。

客 ：あのう、この　りんごは　いくらですか。

店員：１つ　１２０円ですよ。

客 ：１５０円ですか。

店員：いいえ、　１２０円です。

店員：歡迎光臨。

客人：那個，請問這個蘋果多少錢呢？

店員：1顆120日圓喔！

客人：150日圓嗎？

店員：不是，是120日圓。

解答：

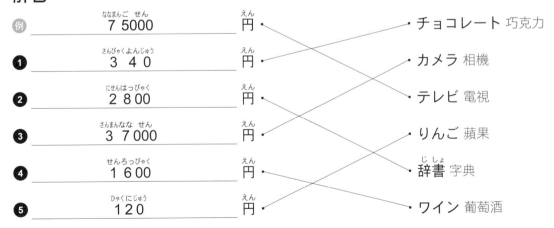

例	７ 5000	円・	・チョコレート 巧克力
❶	３ ４0	円・	・カメラ 相機
❷	２ 8 00	円・	・テレビ 電視
❸	３ 7000	円・	・りんご 蘋果
❹	１ 6 00	円・	・辞書 字典
❺	１２0	円・	・ワイン 葡萄酒

脚本：

❶ 客　　：すみません。これは、どこの　カメラですか。

店員：韓国のですよ。

客　　：そうですか。じゃ、こっちのは？

店員：中国のですよ。

客　　：日本のは　どれですか。

店員：こちらです。

客　　：あ、じゃ、それ、お願いします。

客人：不好意思。請問這個是哪裡的相機呢？

店員：是韓國的喔。

客人：這樣啊。那麼，這個呢？

店員：是中國的喔。

客人：日本的是哪一個呢？

店員：是這個。

客人：啊！那麼，麻煩給我那個。

❷ 客　　：これは　日本の　タバコですか。

店員：いいえ、それは、台湾のです。

客　　：これも　台湾のですか。

店員：いいえ、違います。インドネシアのです。

客　　：そうですか。ん？これは　アメリカのですね。

　　　　んん、今日は、台湾のを　お願いします。

客人：這是日本的香菸嗎？

店員：不是，那是台灣的。

客人：這也是台灣的嗎？

店員：不，不是。那是印尼的。

客人：這樣啊。嗯？這是美國的對吧？

　　　　嗯⋯⋯，今天麻煩要台灣的。

❸ 店員：こちらと　こちらは　アメリカの　コンピューターで　ございます。

客　：そうですか。あれ？これは、日本のですか。

店員：そうですね。SONYのです。

客　：SONYのですか。じゃ、これを　ください。

店員：這台和這台的是美國的電腦。

客人：這樣啊。咦？這是日本的嗎？

店員：是的。是SONY的。

客人：SONY的嗎？那麼，請給我這台。

❹ 店員：いらっしゃいませ。

客　：すみません。コーヒーを　ください。

店員：イタリア、ベトナム、ブラジル、どれですか。

客　：んん、イタリア……、ベトナム……。

　　　すみません。ブラジルのを　お願いします。

店員：えっ？イタリアのですか。

客　：違いますよ。ブラジルのです。

店員：あっ、すみません。

店員：歡迎光臨。

客人：不好意思。請給我咖啡。

店員：請問要義大利、越南、巴西，哪一種呢？

客人：嗯……，義大利……，越南……。

　　　不好意思。麻煩給我巴西的咖啡。

店員：咦？義大利的嗎？

客人：不是喔。是巴西的。

店員：啊，不好意思。

解答：

❶ 日本 日本　❷ 台湾 台灣　❸ SONY SONY　❹ ブラジル 巴西

第4課　脚本＆解答

◉暖身一下C 台灣觀光勝地Quiz

解答：

❶ あいが（　7　）　　　　**❷** へいけい（　4　）

❸ たろこ（　8　）　　　　**❹** たんすい（　3　）

❺ にちげつたん（　1　）　　**❻** きゅうふん（　2　）

❼ ようめいざん（　10　）　　**❽** りょくとう（　6　）

❾ たいあんこうえん（　9　）

❿ こくりつこきゅうはくぶつかん（　5　）

◉暖身一下E 日本觀光勝地Quiz

解答：

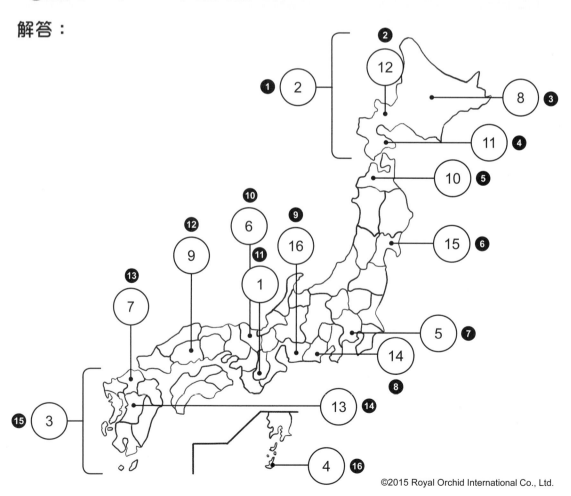

⚙ 學習總複習　會話　問題 I

活動表格 I　日本の行事と記念日　日本的慶典和紀念日

❶ 元日 元旦	例 1月1日
❷ 節分 立春、立夏、立秋或立冬的前一天	2月3日
❸ ひな祭り 女兒節	3月3日
❹ みどりの日 綠化節	4月29日
❺ 憲法記念日 憲法紀念日	5月3日
❻ こどもの日 兒童節	5月5日
❼ 文化の日 文化日	11月3日
❽ 勤労感謝の日 勤勞感謝日	11月23日
❾ 天皇誕生日 天皇誕生日	12月23日

活動表格 II　台湾の行事と記念日　台灣的慶典和紀念日

❶ 中華民国開国記念日 中華民國開國紀念日			1月1日
❷ 平和記念日 和平紀念日			2月28日
❸ 児童節（こどもの日）兒童節			4月4日
❹ 清明節 清明節			4月5日
❺ 端午の節句 端午節	旧暦	農曆	5月5日
❻ 中元節 中元節	旧暦	農曆	7月1日
❼ 中秋節 中秋節	旧暦	農曆	8月15日
❽ 国慶日（建国記念日）國慶日			10月10日

附錄 第4課

🎦 學習總複習　會話　問題3

脚本：

❶ 今週の　日曜日どこか　行きますか。

❷ 私は　毎日　車で　学校へ　行きます。あなたは　何で　行きますか。

❸ いつも　誰と　買い物に　行きますか。

❹ 今度の　連休は　いつですか。何を　しますか。

❺ 今日は　何月　何日ですか。

❶ 這個星期日有要去哪裡嗎？

❷ 我每天開車去學校。你怎麼去的呢？

❸ 總是和誰去買東西呢？

❹ 接下來的連假是麼時候呢？要做什麼呢？

❺ 今天是幾月幾號呢？

🎦 學習總複習　聽力　問題1

MP3-60

脚本：

❶ A：陳さんは　連休　どこへ　行きますか。

陳：高雄へ　行きますよ。

A：誰と　行きますか。

陳：家族と　一緒に　行きます。

A：車で　行きますか。

陳：いいえ、高速鉄道で　行きます。速いですから。

A：陳先生，連假要去哪裡呢？

陳：要去高雄喔！

A：和誰一起去呢？

陳：和家人一起去。

A：開車去嗎？

陳：不是，搭高鐵去。因為很快速。

❷ A：明日　図書館へ　行きます。

洪：えっ！私も　呉さんと　一緒に　図書館へ　行きますよ。

A：へえ、そうですか。私は　自転車で　行きます。洪さんは、何で　行きますか。

洪：スクーターで　行きます。

A：明天要去圖書館。

洪：咦！我和吳同學也要一起去圖書館喔！

A：咦！這樣啊。我騎腳踏車去。洪同學怎麼去呢？

洪：騎（小型）機車去。

❸ A：日曜日は、どこかへ行きますか。

許：ええ、バスで　台北へ　行きます。それから、西門町で　映画を　見ます。

A：映画ですか。誰と　見ますか。

許：1人で　見ます。

A：そっ、そうですか……。

A：星期日有要去哪裡嗎？

許：有，要搭公車去台北。接著，在西門町看電影。

A：電影嗎？和誰看呢？

許：自己一個人看。

A：是，是這樣啊……。

❹ A　：山田さん、彼氏は　いつ　台湾へ　来ますか。

山田：今月の　2日です。

A　：彼氏と　どこか　遊びに　行きますか。

山田：4日に　九份へ　行きます。

A　：へえ、いいですね。何で　行きますか。

山田：車で　行きます。車は　便利ですから。

A　：そうですよね。

A　：山田小姐，你的男朋友什麼時候來台灣呢？

山田：這個月的2號。

A　：有要和男朋友去哪裡玩嗎？

山田：4號要去九份。

A　：咦！真好耶！怎麼去呢？

山田：開車去。因為車子很方便。

A　：沒錯啊！

❺ A ：来週　家族と　日本へ　行きます。

先生：そうですか。私も　日本へ　行きますよ。

A ：いつですか。先生も　来週　行きますか。

先生：いいえ、私は　来月　行きます。

A ：家族と　一緒に　行きますか。

先生：いいえ、友達と　行きます。

A ：飛行機は　1人　いくらですか。

先生：9 000元ぐらいです。

A ：下禮拜要和家人去日本。

老師：這樣啊！我也要去日本喔！

A ：什麼時候呢？老師也是下禮拜要去嗎？

老師：不是，我是下個月去。

A ：和家人一起去嗎？

老師：不是，和朋友一起去。

A ：機票一個人多少錢呢？

老師：9000元左右。

解答：

名前 名字	いつ 什麼時候去	誰と 和誰去	どこへ 去哪裡	何で 怎麼去
❶ 陳	連休 連假	家族 家人	高雄 高雄	高速鉄道 台灣高速鐵路
❷ 洪	明日 明天	呉さん 呉同學	図書館 圖書館	スクーター 小型機車
❸ 許	日曜日 星期日	1人 1個人	台北 台北	バス 巴士
❹ 山田	今月の4日 這個月的4號	彼氏 男朋友	九份 九份	車 車子
❺ 先生	来月 下個月	友達 朋友	日本 日本	飛行機 飛機

學習總複習　聽力　問題2

腳本：

例 A：明日は　休みですね。何を　しますか。

B：映画を　見ますよ。

A：1人でですか。

B：いいえ、友達と　一緒に　見ます。

A：明天是放假吧！要做什麼呢？

B：看電影喔！

A：自己嗎？

B：不是，和朋友一起看。

❶ A：夏休み　どこか　行きますか。

B：ええ、オーストラリアへ　行きます。

A：ツアーですか、個人旅行ですか。

B：個人旅行です。オーストラリアで　コアラや　カンガルーを　見ます。
　　それから、海で　泳ぎます。

A：いいですね。

A：暑假要去哪裡呢？

B：嗯，去澳洲。

A：跟團嗎？還是自助旅行呢？

B：是自助旅行。在澳洲看無尾熊和袋鼠。接著，在海邊游泳。

A：真好啊！

❷ A：土曜日　彼氏と　一緒に　ウーライへ　行きます。

B：彼氏と　一緒ですか。いいですね。ウーライで　何を　しますか。

A：温泉に　入ります。ウーライの温泉は　有名ですから。

A：星期六要和男朋友一起去烏來。

B：和男朋友一起啊！真好耶！在烏來做什麼呢？

A：泡溫泉。因為烏來的溫泉很有名。

❸ A：お正月休みは　どこか　行きますか。

B：ええ、日本へ　行きます。

A：日本の　どこですか。

B：函館です。友達に　会いに　行きます。それから、山で　スキーを　します。

A：うらやましいですね。

A：年假時有要去哪裡嗎？

B：嗯，去日本。

A：日本的哪裡呢？

B：函館。去見朋友。接著，在山上滑雪。

A：真令人羨慕啊！

❹ A：明日は　日曜日ですね。SOGOへ　買い物に　行きます。今バーゲンですよ。

B：バーゲンですか。いいですね。私は　学校へ　行きます……。

A：えっ。明日は　休みですよね。

B：明日は　先生に　会いますから。

A：明天是星期日呢！我要去SOGO買東西。現在在特賣喔！

B：特賣嗎？真好啊！我要去學校……。

A：咦？明天休息不是嗎？

B：因為明天要和老師見面。

❺ A：おはよう　ございます。

B：おはよう　ございます。

A：これから　どこへ　行きますか。

B：スーパーへ　牛乳を　買いに　行きます。

A：えっ、スーパーは　10時からですよ。

B：そうですか。じゃ、コンビニへ　行きます。

A：早安。

B：早安。

A：接下來要去哪裡呢？

B：去超市買牛奶。

A：咦？超市10點開始喔。

B：是這樣啊。那麼，去便利商店。

解答：

例 すること 做的事情：映画を　見ます 看電影

❶ 行く場所 去的地方：オーストラリア 澳洲

　　 すること 做的事情：①コアラや　カンガルーを　見ます 看無尾熊或袋鼠

　　　　　　　　　　　　②海で　泳ぎます 在海裡游泳

❷ 行く場所 去的地方：ウーライ 烏來

　　 すること 做的事情：温泉に　入ります 泡溫泉

❸ 行く場所 去的地方：函館 函館

　　 すること 做的事情：①友達に　会います 見朋友　②スキーを　します 滑雪

❹ 行く場所 去的地方：SOGO

　　 すること 做的事情：買い物を　します 購物

❺ 行く場所 去的地方：コンビニ 便利商店

　　 すること 做的事情：牛乳を　買います 買牛奶

第5課　脚本＆解答

🎦 學習總複習　會話　問題3

解答舉例：

❶ 陳さんは　音楽が　好きですか。

　　いいえ、あまり……。

❷ よく　運動しますか。

　　運動が　好きですから、よく　します。

❸ いつも　どのぐらい　テレビを　見ますか。

　　1時間ぐらいです。

脚本：

例 A　：田中さんは　運動が　好きですか。
田中：はい、好きですよ。

A　：田中先生喜歡運動嗎？
田中：是，喜歡喔！

❶ A　：鈴木さんは　音楽が　好きですか。
鈴木：嫌いでは　ないですよ。
A　：どんな　音楽が　好きですか。
鈴木：んん、そうですね。ロックは　きらいですが、クラッシックは　好きですね。
A　：へえ、クラッシックですか。

A　：鈴木先生喜歡音樂嗎？
鈴木：不討厭喔。
A　：喜歡什麼樣的音樂呢？
鈴木：嗯……，這個嘛。討厭搖滾樂，但是喜歡古典樂耶。
A　：咦！古典樂啊！

❷ A：陳さん、これ、どうぞ。
陳：えっ、これ、何ですか。ジュースですか。
A：いいえ、お酒です。
陳：すみません、お酒は　あまり……。

A：陳先生，這個，請用。
陳：咦？這是什麼？果汁嗎？
A：不，是酒。
陳：不好意思，酒的話不太（喝）……。

❸ A：王さんは、よく　漫画を　読みますか。

王：いいえ、忙しいですから、あまり　読みません。でも、とても　好きですよ。

A：そうですか。

A：王先生常看漫畫嗎？

王：不，因為很忙，不太看。但是，非常喜歡喔！

A：這樣啊！

❹ A：王先輩、とても　ハンサムですね。

B：本当。そうそう、王先輩は、ピアノも　上手ですよ。

A：へえ、そうですか。ハンサムで、ピアノが　上手……。最高ですね。

A：王前輩非常帥氣呢！

B：真的！對了，王前輩也很擅長彈鋼琴喔！

A：咦！這樣啊！又帥氣、又擅長彈鋼琴……。真厲害耶！

❺ A：あれ？陳さん、今日も　コンビニの　お弁当ですか。

陳：ええ、母は　いつも　忙しいです。それから、料理も　あまり……。

A：そうですか。

A：咦？陳先生今天也是吃便利商店的便當嗎？

陳：嗯，媽媽一直都很忙碌。而且，料理也不太（做）……。

A：這樣啊！

附

錄

第
5
課

解答：

名前 名字	好き・嫌い／上手・下手 喜歡・討厭／擅長・不擅長	好き・嫌いなもの／上手・下手なこと 喜歡・討厭的事情／擅長・不擅長的事情	
例 田中　さん	好き・嫌い 喜歡	運動	運動
❶ 鈴木　さん	好き・嫌い 喜歡	クラッシック／音楽	古典樂／音樂
❷ 陳　さん	好き・嫌い 討厭	お酒	酒
❸ 王　さん	好き・嫌い 喜歡	漫画	漫畫
❹ 王　先輩	上手・下手 擅長	ピアノ	鋼琴
❺ 陳さんのお母さん	上手・下手 不擅長	料理	料理

😊學習總複習　聽力　問題2

脚本：

例 A：周さんは、よく　運動しますか。

周：ええと、１週間に　１回ですね。

A：周先生常運動嗎？

周：嗯……。1個禮拜1次呢！

❶ A：王さんは、お酒を　飲みますか。

王：そうですね。最近は　あまり　飲まないですね。

A：へえ、１か月に　１回ぐらいですか。

王：いいえ、３か月に　１回ぐらいですね。

A：王先生喝酒嗎？

王：嗯……，最近不太喝酒呢。

A：咦！大約1個月1次嗎？

王：不，大約3個月1次呢！

❷ A：宋さん、コーヒーは　どうですか。

宋：あっ、結構です。朝　飲みましたから……。

A：そうですか。いつも　朝　飲みますか。

宋：毎日じゃ　ありませんが、１週間に　４、５回　飲みますね。

A：宋先生，來杯咖啡怎麼樣呢？

宋：啊！不用了。因為早上已經喝過了……。

A：這樣啊。總是早上喝嗎？

宋：不是每天喝，但一週會喝個4、5次呢！

❸ Ａ：あれ？簡さん、髪を 切りましたか。

簡：ん？あっ、ええ。でも、先月ですよ。

Ａ：毎月 美容院に 行きますか。

簡：いいえ、いいえ。半年に １回ぐらいですよ……。

Ａ：啊！簡先生剪頭髮了嗎？

簡：咦？啊，是的。但是，是上個月喔！

Ａ：每個月都會去美容院嗎？

簡：不，不是。大約半年去1次喔……。

❹ Ａ：楊さん、今日の 新聞、読みましたか？

楊：何ですか。

Ａ：えっ、知りませんか。

楊：ええ、新聞は いつも 全然 読みませんから……。

Ａ：楊先生，今天的報紙看了嗎？

楊：怎麼了嗎？

Ａ：咦？不知道嗎？

楊：嗯，因為平常從不看報紙的……。

❺ Ａ　：田中さんは、今度の 連休、日本へ 帰りますか。

田中：いいえ。

Ａ　：そうですか。いつも いつ 日本へ 帰りますか。

田中：毎年 夏休みと 冬休みに 帰ります。

Ａ　：田中先生，這次的連假會回日本嗎？

田中：不會。

Ａ　：這樣啊！平常都是什麼時候回日本呢？

田中：每年的暑假和寒假回去。

❻A：本間先生は　いつも　テストを　しますね。

B：ええ、毎週　テストですよ。

A：わあ、大変ですね。

B：でも、大丈夫です。頑張ります。

A：本間老師平常都會考試呢！

B：嗯，每個禮拜都有喔。

A：哇！很辛苦耶！

B：但是，沒問題。我會努力的。

解答：

名前 名字	頻度 頻率	何をする 做什麼
例 周　さん	1週間に1回 1週1次	運動 運動
❶ 王　さん	3か月に1回 3個月1次	お酒を飲みます 喝酒
❷ 宋　さん	1週間に4、5回 每週4、5次	コーヒーを飲みます 喝咖啡
❸ 簡　さん	半年に1回 半年1次	髪を切ります 剪頭髮
❹ 楊　さん	全然読みません 完全沒看	新聞を読みます 讀報紙
❺ 田中　さん	1年に2回 1年2次	日本へ帰ります 回日本
❻ 本間先生	毎日 每天	テストをします 考試

MEMO

國家圖書館出版品預行編目資料

元氣日語會話　初級　全新修訂版 / 本間岐理著
-- 修訂初版 -- 臺北市：瑞蘭國際, 2017.12
264面；19X26公分. --（日語學習系列；33）
ISBN：978-986-95750-2-7（平裝附光碟片）
1.日語 2.會話

803.188　　　　　　　　　　　106022270

日語學習系列 **33**

元氣日語會話 初級 全新修訂版

作者｜本間岐理・責任編輯｜林家如、王愿琦、葉仲芸
校對｜本間岐理、林家如、王愿琦

日語錄音｜本間岐理、福岡載豐、陳麗玲・錄音室｜純粹錄音後製有限公司
版型、封面設計｜余佳憓・內文排版｜余佳憓・內文插畫｜Syuan Ho

董事長｜張暖彗・社長兼總編輯｜王愿琦・主編｜葉仲芸
編輯｜潘治婷・編輯｜林家如・編輯｜林珊玉・設計部主任｜余佳憓
業務部副理｜楊米琪・業務部組長｜林湲洵・業務部專員｜張毓庭
編輯顧問｜こんどうともこ

法律顧問｜海灣國際法律事務所　呂錦峯律師

出版社｜瑞蘭國際有限公司・地址｜台北市大安區安和路一段104號7樓之1
電話｜(02)2700-4625・傳真｜(02)2700-4622・訂購專線｜(02)2700-4625
劃撥帳號｜19914152 瑞蘭國際有限公司・瑞蘭國際網路書城｜www.genki-japan.com.tw

總經銷｜聯合發行股份有限公司・電話｜(02)2917-8022、2917-8042
傳真｜(02)2915-6275、2915-7212・印刷｜科億印刷股份有限公司
出版日期｜2017年12月修訂初版1刷・定價｜360元・ISBN｜978-986-95750-2-7